최고의
휴식,
프로방스

최고의
휴식,
프로방스

장다혜 지음

황금빛 태양, 쪽빛 바다와
함께한 20일

앨리스

태양의 제국 프로방스

나는 북쪽에 있을 때보다 여기에서 더욱 몸이 좋아졌네. 한낮에도 햇빛
을 가득 받으면서 그림자 하나 없는 밀밭에서 일을 하며, 그래, 매미처
럼 그것을 즐기고 있지. 아, 서른다섯이 아니라 스물다섯에 이 땅을 알
았더라면 더 좋았을 것을!

1888년 6월 18일경

반 고흐가 에밀 베르나르에게•

아를을 에두르는 보랏빛 건물들 너머로 오렌지 색 태양이 질 때면 반 고흐의
명작 「석양의 밀밭」이 펼쳐지고 바람결에 조르주 비제의 「아를의 여인」이 들려
온다. 모나코의 장미 정원에서는 그레이스 켈리의 향기에 취하고, 니스 해변에
선 이브 클랭의 푸른색에 마음이 일렁이며 아비뇽 다리 위에서는 마티스의 「댄

• 『세상에서 가장 아름다운 편지』(빈센트 반 고흐 지음, 박홍규 옮김, 2009, 아트북스) 503쪽

스」처럼 파랑돌 춤이 펼쳐진다. 칸 해변에선 파도에 밀려드는 콕토의 시를 읊고, 앙티브에선 스콧 피츠제럴드 『밤은 부드러워』의 첫 페이지를 탐닉한다. 또 뤼미에르 형제와 「라 시오타 역으로 들어오는 기차」를 타면 브리지트 바르도의 요염한 손짓에 이끌려 생트로페에 닿기도 하고 에즈의 작은 골목에서 니체의 고독과 맞닥뜨리기도 한다. 라벤더가 흐드러지게 핀 디뉴에선 굶주린 장 발장을, 에스트렐에서는 '슬픔이여 안녕'을 외치는 열일곱 살 세실을, 루베롱 산 중턱에선 별을 보는 알퐁스 도데의 순박한 양치기 소년을 볼 수 있는 곳.

이렇게 수많은 예술가들의 체취가 묻어 있기에 작은 골목 곳곳에 숨어 있는 그리움과 마주하게 되는 곳. 예술사에서 큰 역사를 품은 이 작은 지역을 우리는 프로방스라고 부른다.

프로방스에 살면 오히려 도처에 널린 아름다움들을 온전히 표현해내지 못하는 갈증에 시달리곤 한다. 그리고 매일 생각한다. 그림이든 음악이든 글이든 혹은 춤이 되었든 인간은 누구나 언어 이외에 자신을 표현할 수 있는 방법이 하나쯤은 있어야 한다고. 더운 바람에 일렁이는 양귀비꽃들의 사랑스러움을 조그만 냅킨에 그려 간직할 수 있다면, 농도 짙은 정오의 태양을 한 줄의 시로 표현할 수 있다면, 커다란 잎사귀 가득 햇살을 받아 모으는 포도나무 사이를 걸으며 설렘을 노래할 수 있다면 프로방스에서의 삶이 더 행복해지지 않을까?

프로방스는 나에게 시를 읊어주고 음악을 가르친다. 눈부시게 빛나는 한 폭의 풍경을 보여주며 예술을 꿈꾸게 한다. 예술가들은 마치 철새처럼 이곳으로 왔고 나는 그들의 흔적을 따라 오늘도 길을 나선다.

장 다 혜

CONTENTS

프로방스는 어디에?

서쪽으로는 론 강을, 남쪽으로는 지중해를, 동쪽으로는 알프스 산맥으로 둘러싸여 있으며 협곡과 고원, 호수와 기름진 곡창지대를 자랑하는 프로방스는 이탈리아와 국경을 접하고 있는 프랑스의 남동쪽 지역이다. 공식 명칭은 프로방스알프코트다쥐르Provence-Alpes-Côte d'Azur로, 보통 PACA라고 줄여 부른다.

프랑스는 스물두 개의 지역으로 나뉘는데, 그중 하나가 프로방스이며 그 안에는 알프드오트프로방스Alpes-de-Haute-Provence, 오트잘프Hautes-Alpes, 알프마리팀Alpes-Maritimes, 부슈뒤론Bouches-du-Rhône, 보클뤼즈Vaucluse, 바르Var 이렇게 여섯 개의 구가 있다.

기원전 2세기부터 로마제국의 통치하에 있었던 이곳을 로마 사람들이 '우리 지역'이라는 뜻의 프로빈치아 노스트라Provincia Nostra라고 부르기 시작한 것이 지금의 프로방스가 되었다.

● 아비뇽

타라스콩

● 레보 드 프로방스

아를

부슈뒤론

◤ 잠깐! 여행을 준비하기 전에

• 각 장은 5일의 일정으로 돌아볼 수 있도록 구성했다.
• 고속도로가 아닌 국도와 지방도로, 해변도로를 이용한 소요 일정을 기준으로 했다.
• 협곡, 산맥, 호수, 해변 등의 지형지물로 인해 도시 간의 직선거리가 무색한 경우가 많다. 소요 시간 위주로 참고하자.
• 도심은 주로 하루나 반나절 일정으로도 충분하지만 이동 시간을 여유롭게 잡아 멋진 드라이브를 즐겨보자.
• D는 지방도로, N은 국도, A는 고속도로다.

01

쪽빛 지중해를 따라서

니스 · 칸쉬르메르 · 비오 · 앙티브 · 쥐앙레팽 · 레랭 섬 · 무쟁

쪽빛 지중해를 따라서 (총 84.4km)

1일 – 니스

거리 14.49km | 이용 도로 영국인 산책로 | 시간 30분

반나절 – 칸쉬르메르 & 비오

칸쉬르메르 ··· 거리 8.11km | 이용 도로 D4 국도 | 시간 15분 ···
비오 ··· 거리 6.18km | 이용 도로 D704 국도 | 시간 15분

1일 – 앙티브

거리 12.02km | 이용 도로 해변로(카프당티브) | 시간 20분

반나절 – 쥐앙레팽

거리 10.6km | 이용 도로 해변로 | 시간 30분

1일 – 칸

거리 6km | 이용 도로 칸 항구에서 크루저로 이동 | 시간 20분

반나절 – 레랭 섬

거리 8.54km | 이용 도로 D6185 국도 | 시간 20분

반나절 – 무쟁

거리 59.15km | 이용 도로 D235, D555(에스트렐 협곡, 포도밭) | 시간 1시간 30분

레자크

여행의 시작은
클랭과 함께

:

니스

프로방스라는 네 글자만으로도 눈앞에 야자수가 늘어선 지중해, 붉은 테라코타 색 지붕들 그리고 시원한 로제와인을 곁들인 초록 샐러드, 원색의 인상파 작품들이 펼쳐진다. 그리고 이 모든 기대를 저버리지 않는 곳, 니스에서 프로방스 여행을 시작한다.

'좋다'는 뜻의 영어 단어 나이스^{nice}처럼 이곳에서라면 무엇이든 나이스

하게 풀릴 것만 같은 묘한 기대를 하면서. 해변에는 고급스러운 호텔과 부티크 들이 화려함을 뽐내고 있지만, 이탈리아에서 프랑스로 국적을 옮긴 지 150년밖에 되지 않아 옛 시가지에는 중세의 이탈리아가 공존하는 신비한 도시이자 프로방스에서 가장 많은 박물관과 미술관이 자리한 문화 도시 니스에선 각자의 취향대로 동선을 고르는 재미가 있다. 그저 분위기에 녹아들고 싶다면 시원한 샴페인 한 잔 챙겨 아름다운 해변에서 일광욕을 즐기면 되고, 프랑스 멋쟁이처럼 한껏 꾸미고 싶다면 유명한 상점가인 마세나 광장에서 명품 부티크들을 순례할 수도 있다. 갤러리가 좋다면 시미에 언덕의 미술관에서 샤갈과 조우할 수도, 아우성치는 매미 소리를 들으며 마티스의 고혹적인 아틀리에를 둘러볼 수도 있다. 혹은 인적이 드문 주택가 골목을 기웃거리면서 청색의 나무 덧문과 붉은 제라늄의 묘한 대조에서 영감을 얻거나 니스의 옛 항구에서 흰 돛의 요트들이 정적으로 흘러가는 지중해를 감상할 수도 있다. 그것도 아니라면 7킬로미터나 되는 영국인 산책로를 처음부터 끝까지 거닐면서 하릴없이 키오스크의 수많은 엽서들을 뱅뱅 돌려볼 수도 있을 것이다. 물론 따가운 햇살 덕에 발등에 샌들 모양이 그대로 문신처럼 남거나 최악의 경우 선글라스를 벗은 후에도 계속 착용한 듯한 착시 현상을 감수해야겠지만. 그러나 역시 이 중세도시의 맨 얼굴과 마주하려면 네모반듯한 돌이 촘촘히 깔린 옛 시가지에 입성하는 것이 좋다.

따가운 햇볕을 막기 위해 좁다랗고 높게 지어진 이탈리아풍 파사드가 이어진 옛 시가지 안의 시장 골목들은 미로처럼 여러 갈래로 나뉘어 사

방으로 뻗어나가고 또 어느 사이엔가 연결되며 끊임없이 이어지기에 처음에는 길을 잃을까 겁부터 나기 십상이다. 그러나 감히 단언하건대 이곳에서 소소한 시간 여행을 경험하는 가장 좋은 방법은 기꺼이 길을 잃으며 신나게 헤매는 것이다. 발길이 닿는 대로 골목을 누비다 보면 머리 위에는 유쾌하게 분홍색 이불 빨래가 나부끼고 원색의 아라비아 향신료들과 히말라야산 소금 덩어리, 보석처럼 빛나는 금빛 올리브 피클이 진하게 나를 유혹한다. 그리고 각기 다른 피부색과 눈동자, 차림새를 한 여행자들이 뱉어내는 세상의 모든 언어가 그 위로 한데 섞여 유쾌한 부산함을 만들어낸다.

좁다란 골목길에서 더 작은 골목으로 파고들면 너도밤나무로 장난감을 만드는 공방, 프로방스의 조약돌로 모자이크를 만드는 작업실, 알프스의 들꽃으로 천연 비누를 만드는 가게, 직접 짜낸 니스산 올리브오일을 파는 방앗간, 프로방스의 진흙으로 구워내는 도자기 공방까지 다양한 아틀리에가 끊임없이 이어져 혼을 쏙 빼놓는다. 그렇기에 동행하는 이가 있다면 조심해야 한다. 언제 어디에서 그들을 놓쳤는지 기억해내는 것은 불가능하기 때문이다. 50가지 이상의 맛을 파는 이탈리아 젤라토 가게에서 압생트 맛, 백합꽃 맛, 흑맥주 맛 등 생소한 젤라토를 혀끝으로 음미하며 요상한 맛에 흐뭇해하고 또 니스의 전통음식 소카의 고소한 냄새를 좇다 보면 어느새 살레야 대로의 꽃시장에 닿게 된다. 1년 365일 열리는 이 노천시장에는 소박한 들꽃들과 프로방스산 허브가 즐비하고 계절을 알리는 과일들로 넘쳐난다. 또 풍성한 한 다발의 꽃을 들고 여유롭게 오가는 니스 사람들에게서는 향기로운 숨이 묻어난다.

작열하는 태양을 피해 잠시 쉬어가고 싶다면 꽃시장 끝에 자리한 유황빛 건물, 마티스의 아틀리에를 찾으면 된다. 세월의 때가 켜켜이 묻어 오히려 반질반질 깨끗해진 돌계단 한쪽에서 숨을 고르거나 아예 등을 대고 누우면 묵직한 청량감이 온몸에 전해지며 피로가 싹 가신다. 역시 고온 건조한 프로방스의 여름날에는 한 뼘의 그늘만으로 헤프게 무릉도원과 유토피아가 펼쳐진다. 거기에 상큼한 탄산수를 곁들이면 금상첨화다. 니스 태생의 노벨문학상 수상 작가 르 클레지오는 "여행이 싫다"라고 말한 바 있는데, 유년 시절부터 여러 나라에서 살아봐도 자신의 고향 마을보다 아름다운 곳을 찾기 힘들었기 때문일 것이다. 이 순간만큼은 나도 그에게 격하게 공감하며 과거의 소란스러움을 가로질러 중세의 성곽을 빠져나온다.

은빛 트램이 경적을 울리며 내 앞을 스쳐 가면 그 너머에 이브 바야르와 앙리 비달이 설계한, 그 자체만으로도 예술품인 근현대미술관이 있다. 나의 분노에 함께 분노해주고 나의 절망에 같이 절망해주는 예술은 늘 마음을 휘젓는 힘을 발휘한다. 그런 이유로 나는 가끔 이 미술관 2층에서 클랭을 만난다. 그리고 끝없는 파랑 속으로 답답한 마음을 내던진다. 엉겁결에 내 고뇌를 떠안은 그가 기막힌 조언을 해주는 것은 아니다. 그러나 짙푸름의 끝으로 가라앉은 내 마음은 늘 차분하게 가지런한 길을 찾아 정돈된 채 돌아오곤 한다. 사실 포스트모던의 이름으로 넘쳐나는 미술관에서 언제부턴가 "너에게 모든 것을 맡기겠다!"라고 선언하

는 듯한 '무제'라는 제목의 작품들을 반기게 되었다. 그러나 '무제'라는 이름표를 단 수많은 작품들 중 그 어떤 것도 이처럼 캔버스 한가득 온전히 명쾌함을 느끼게 하는 작품은 없었다. 「무제의 모노크롬 블루」처럼 말이다.

　일찍이 금색, 붉은색, 분홍색, 오렌지색 등 여러 가지의 단색 작업을 즐긴 클랭이지만 그의 푸른색은 무척 강렬하고 매력적이어서 결국 그는 파란색으로 각인되었다. 그리고 그의 이름에서조차 푸른 기운이 느껴지는 것은 분명 니스 사람들의 유전자 때문일 것이다. 이 미술관에선 짧은 인생의 말년에 유독 파란색에 집착했던 클랭이 느껴진다. 그리고 역시 푸른색이 감도는 결혼식 장면도 볼 수 있는데, 연청의 티아라를 쓴 신부 로트라우는 훗날을 짐작하기라도 한 듯 어쩐지 슬픈 표정을 짓고 있다. 사실 이 작품은 미완으로 남아 전시되고 있는데, 서른넷의 새신랑이 이 아름다운 날로부터 불과 다섯 달 후 사망했기 때문이다.

　클랭이 자주 찾았던 니스 해변에서 소란스런 햇빛을 뚫고 코르시카 섬으로 떠나는 크루저를 바라본다. 커다란 덩치는 바다의 푸른 속살을 가르며 금세 저 멀리 클랭 블루에 닿아 일렁이며 곧 하나의 점으로 사그라진다. 그리고 나는 문득 영화 「그랑 블루」의 마지막 장면을 떠올린다. 그것은 단지 '블루'라는 공통점 때문만은 아니다. 찬란한 수평선을 바라볼 때마다 잠수부 자크가 그러했듯 클랭도 시공을 초월한 어딘가에서 영원불멸의 파란 심장을 가지고 영겁을 살고 있을 거라 믿고 싶어지기 때문이다.

르 누 아 르 를
꿈 꾸 며

:

칸쉬르메르 & 비오

니스와 나란히 위치한 칸쉬르메르의 해변 산책로에는 언제나처럼 제2의 르누아르를 꿈꾸는 무명작가들의 발걸음이 끊이지 않고, 수많은 작품들이 일광욕을 하듯 진열되어 있다. 그러나 배경이 되는 지중해가 때론 우수에 젖은 금빛으로 때론 유쾌한 은빛으로 반짝이며 시선을 사로잡아버려 오늘도 온전히 작품에만 집중하지는 못한다. 프로방스 곳곳은 많은

화가들로 붐비는데 그림보다 더 그림 같은 대자연과 대중의 시선을 놓고 경쟁하는 것은 정말이지 어리석은 선택이다. 예술이 가득한 해변을 뒤로 하고 이 마을의 한갓진 주택가로 들어서면 군락을 이루는 거대한 호화 저택들 사이로 투박한 나무 문을 단 고졸한 농가를 만날 수 있다. 1903년 르누아르가 직접 땅을 사서 지은 '레 콜레트'다.

나이 지긋한 화가의 안목에 새삼 감탄하게 되는 것은 200여 그루의 올리브 나무가 군락을 이루는 그의 정원에 들어서자 마자이다. 지중해를 연못 삼고 알프스를 뒷동산 삼은 이 기막힌 차경은 신경통으로 붓을 쥐지 못해 손에 묶어야만 했던 노장이 어떻게 12년간 800여 점의 작품을 완성했는지를 단번에 설명한다. 또 완벽하게 빛을 압축하여 빨강, 주홍, 노랑 등을 한층 강도 높게 표현한 이 시기의 작품들을 직접 눈앞에 펼쳐 보이기도 한다. 그리고 그 속에는 발그레한 장밋빛 뺨에 턱을 괜 손가락 마저 오동통하게 살이 오른 르누아르의 여인들이 어딘가에 시간을 잘 메어놓은 듯 여유를 부리고 있다. 자연스레 두세 겹으로 접히는 넉넉한 뱃살은 기본이고 숨이 막히도록 안기고 싶어지는 풍만한 가슴을 가지고 말이다. 이 시기 르누아르의 인물들은 더 생동감이 넘치고 색채는 더 현요해진 반면 붓질은 예전보다 많이 두껍고 거칠어진 것이 느껴져서 화가의 손 상태가 얼마나 많이 악화되었는지 짐작하게 한다. 그럼에도 고갱의 말처럼 "요술을 부리듯 아름다운 점 하나, 애무하는 듯한 빛 한줄기"로 르누아르는 충분히 표현을 해낸다. 이곳에 사는 그에겐 '창작의 고통'보다는 '창작하지 않는 고통'이야 말로 진정한 고통이 아니었을까.

Pierre Auguste RENOIR
La ferme des Collettes – The farm at Les Collettes

앙드레 지드는 "평범한 일을 매일 평범한 마음으로 실행할 수 있는 것이 비범한 것이다"라고 했는데, 이 농가의 2층으로 올라가면 평생토록 아침 8시에 도시락을 들고 아틀리에로 출근했던 이 비범한 화가의 작업실을 엿볼 수 있다. 묵직한 나무 휠체어와 자그마한 침대가 전부인 꾸밈없고 수수한 그만의 공간. 다행히 큰 창틀이 액자 구실을 하는 생생한 파노라마 덕분에 약간의 사치가 더해진다. 무릎을 꿇고 창밖의 정원을 내려다본다. 휠체어에 의지했던 르누아르의 시점으로 보기 위해서다. 유난히 커다란 올리브 나무 밑에서 자유로운 포즈로 낮잠을 즐기는 여인이 마치 르누아르의 뮤즈 가브리엘처럼 보인다. 나뭇잎 사이사이를 세심하게 통과하여 그녀에게 무작위로 떨어지는 햇살들. 음악적 움직임까지 만들어내며 프로방스와의 완벽한 교감을 선사하던 그 빛이 온전히 르누아르의 상상력만은 아니었음을 직접 확인하는 순간, 나도 그곳으로 내려가 잠시 화가의 모델을 자청해본다. 미풍은 나뭇잎으로 여과되어 내 눈꺼풀 위에 화장하듯 르누아르의 작품들을 펼쳐 보이고 나는 몽롱함에 취해 설핏 잠이 든다.

르누아르에게 감사의 인사를 하고 30분간 아기자기한 오솔길을 달려 닿은 곳은 대대로 유리에 생명을 불어넣는 마을 비오이다. 프랑스 정부에서 인간문화재로 인정받은 비오의 장인 메트르 베리에는 1년 365일 아틀리에로 일반인들을 초대하여 유리의 신비를 공개하는데, 늦은 오후 나도 이 장인의 초대에 응해본다.

현장으로 한 발짝 발을 들이는 순간, 느긋하게 물레를 돌리는 도예 공

방을 상상했던 나에게 엄청난 열기가 덮쳐온다. 세 명의 장인이 만들어 내는 절도 있는 부산함에 넋을 잃는 것도 잠시, 땅에 흥건히 고인 것들이 이들의 땀이라는 것을 알아채기까진 그리 오랜 시간이 걸리지 않는다. 숨 가쁘게 돌아가는 아틀리에의 분위기는 흡사 종합병원의 응급실 같다.

일단 긴 쇠막대 끝에 달린 유리가 가마에서 달궈지면 촌각을 다투는 인공호흡이 시작된다. 불에서 꺼내고 난 후 불과 몇 초뿐인 골든타임을 놓치면 유리가 죽어버리기 때문이다. 쇠막대를 돌리며 입으로 불어서 벌겋게 달궈진 유리를 성형한 후 찬물에 넣어 식히고 다시 가마로 가져가기를 반복하며 1,000도의 가마를 사이에 두고 진땀 나는 상황이 계속된다. 불과 물, 그리고 1,000번의 입맞춤. 그 기나긴 인내 끝에 마술사의 손에서 눈 깜짝할 사이에 피어나는 한 송이 꽃처럼 오색 창연한 명작들이 피어오른다. 이름을 새기거나 도장을 찍는 것도 아닌데, 틀림없는 비오의 전통 공예품이라는 것을 증명해 보이는 것은 유리 안에 갇힌 수많은 공기 방울이다. 모양과 크기가 제각각인 공기 방울들은 작품에 독특한 무늬를 만들어 세상에서 단 하나뿐인 예술로 승화시킨다.

아틀리에 옆 소박한 비스트로에서 저녁을 먹으며 이 예술들을 디캔터와 와인글라스로 만난다. 저렴한 지역 와인이 1,000도의 열정을 간직한 메트르 베리에의 숨결에 닿으니 어느새 그랑 크뤼로 변신한다.

나쁜 남자
피카소

:

앙티브

프로방스의 매력은 변하지 않는다는 것이다. '10년이면 강산도 변한다'라
는 말도 이곳에서만은 예외다. 10년 전에 왔던 그 거리, 그 골목, 그 카
페. 이름 모를 작은 골목에 들어서도 어김없이 기억 속 풍경과 오롯이 겹
치고 작은 가게 안에는 추억 속 물건들이 아기자기 진열되어 있다. 바뀐
것이라곤 주름이 는 주인아주머니와 기력이 떨어져 이젠 손님이 와도 문

앞에서 꼼짝 않는 개뿐이다.

중세 요새의 모습을 그대로 간직한 앙티브도 그런 곳인데, 이곳에 내가 좋아하는 헌책방이 하나 있다. 처음 이곳을 알게 된 건 15년 전. 나는 지하의 한 귀퉁이에서 마음에 드는 책 한 권을 발견하고 한참을 살까말까 망설이고 있었다. 만만치 않은 두께의 책은 배낭여행객이었던 나를 쉽게 포기시켰지만 후에 인터넷으로 뒤져도 쉽사리 구할 수 없었기에 두고두고 아쉬움이 남았다. 그 후 몇 년의 시간이 흘러 프로방스에 자리를 잡고 살던 어느 날, 그 헌책방이 여전히 있을까 하는 의문이 들었다. 손님이 거의 없었던 데다 폐품에 가까웠던 헌책들이 별로 남는 장사처럼 보이지 않았기에 큰 기대는 하지 않았다. 그러나 다시 찾은 서점은 여전히 자리를 지키고 있었다. 그것보다 더 놀라웠던 건 세월의 먼지를 뒤집어쓰고 마치 나를 기다렸다는 듯 같은 자리에 꽂혀 있던 그 책이었다. 다행히 프랑스 사람들은 대형서점의 밝은 조명과 시원한 에어컨 아래 책을 보는 것보다 조금은 낡고 친숙한 동네 서점에 들르는 것을 좋아하는 것 같다. 소소한 정보를 얻고 취향에 딱 맞는 책을 추천받는 '주인과의 소통'도 한몫했을 것이다. 그 후로 난 이 서점의 단골이 되었고 또 뽀얀 먼지 속에서 수많은 보물들을 발견했다.

이 헌책방에서 5분 정도, 앙티브 요새 성곽을 따라가면 피카소 미술관이 나온다. 이곳에서 몇 년 전 그날처럼 여전히 상의를 탈의한 반바지 차림에 우스꽝스런 웃음을 짓고 있는 피카소와 만날 수 있다. 내가 사랑하는 작품 「삶의 기쁨」 속 염소도 그 자세 그대로다. 아틀리에 벽에 직접

그린 작품이라서 다른 전시회에 대여도 불가능하기에 내가 원할 때면 언제든 저 춤추는 염소를 볼 수 있다. 얼마나 멋진 일인지! 앙티브는 그런 곳이다. 헤프게 마음을 줘도 괜찮은.

피카소의 연인은 공식적으로 알려진 것만 해도 여덟 명이었다. 20세기 판 나쁜 남자. 20대에는 「부채를 든 여인」의 주인공 페르낭드 올리비에가, 30대에는 수많은 입체파 작품에 등장하는 마르셀 윙베르가, 40대에는 20대의 러시아 무용수이자 첫 아들을 안겨준 올가 코클로바가, 50대에는 수많은 조각, 회화, 판화에 등장하는 마리 테레즈 발테르가, 예순을 바라보던 피카소에겐 작품에 자주 등장하듯 울며불며 그에게 매달렸던 사진작가 도라 마르가 있었다. 그리고 예순을 넘긴 피카소는 이 모든 여인들을 뒤로하고 앙티브로 거처를 옮긴다.

이 중세도시는 불과 100년 전까지 프로방스의 군사요충지이자 주요 항구였고, 요새 중심에 우뚝 솟은 샤토 그리말디는 수세기 동안 적을 감지하는 망루였는데, 제2차 세계대전 종전과 동시에 예술가의 아틀리에로 변모하게 된다. 그리고 그 행운의 주인공이 바로 피카소였다. 따스한 크림색 벽돌이 새파란 바다와 어우러진 이곳에서 그는 무려 마흔 살 연하인 프랑수아 질로와 행복한 프로방스 생활을 시작한다. 물론 그 둘 사이도 그리 오래가진 못했지만 말이다.

"우리는 결코 발견할 수 없기 때문에 찾는 것을 멈출 수 없다."

_피카소

공식적으로 질로와 헤어지기도 전에 피카소는 이미 그녀의 친구 준비 에브 라포르트와 사귀었고 도자기 아틀리에에서 이미 또 다른 뮤즈, 자클린 로크를 발견한 상태였다. 당시 피카소는 이 세 여인에게 영감을 받아 7년 동안 도자기에 색을 입힌 '도자기 그림'을 2,280점이나 만들어냈다. 작품에 따라 에디션이 50점부터 500점까지 있으니 원판만 해도 400점이 넘는 방대한 양이다. 요즘도 프로방스 일대의 작은 갤러리들에서 심심찮게 피카소의 도자기 그림을 볼 수 있지만 진위 여부가 의심스러울 정도의 가격으로 거래가 이루어지는 것은 바로 이런 이유에서다.

한창 도자기에 빠져 있던 피카소는 로크와 결혼한 직후 다시 삐삐 머리를 한 열일곱 살 소녀 실베트 다비드와 사랑에 빠졌고 눈 깜짝할 사이에 그녀를 모델로 40여 점의 작품을 만들었다. 그리고 무슨 복인지, 친구들과 모여 부어라 마셔라 하며 성대한 만찬을 즐기다가 급사하는 '이보다 더 좋을 수 없는' 최후를 맞이했다. 로크가 '공식적 부인'이라는 타이틀에도 다른 피카소의 여인들과 다를 바 없이 권총 자살로 생을 마감하며 씁쓸함을 남겼지만 말이다.

데미안은 "사람들은 사랑을 함으로써 자기 자신을 잃는다"라고 했지만 피카소만은 예외였다. 그는 사랑함으로써 자기 자신을 더욱 선명하게 만들었고 그 사랑의 흔적을 예술의 스펙트럼으로 세상에 펼쳐보였다. 그가 아무리 수많은 여자를 울린 나쁜 남자라 해도 마냥 미워할 수만은 없다. 아흔한 살까지 장수하며 1,885점의 페인팅, 1,228점의 조각 2,880점의 도자기, 약 1만2,000점의 드로잉, 수천 점의 판화와 태피스트리 그리

고 시와 희곡까지 평생 5만 점이 넘는 마법 같은 예술들을 한 아름 남겨
우리를 이토록 감동시키고 있으니 말이다.

화 려 한
재즈 페스티벌

:

쥐앙레팽

젊음의 도시 쥐앙레팽에 가면 프로방스의 여느 느린 도시답지 않게 활기
가 넘쳐나고 밤이 되면 곳곳에 클럽과 바가 현란한 조명을 밝힌다. 때문
에 저녁을 먹은 후 부티크 호텔의 모던한 바에서 샴페인을 즐기거나, 고
급스런 야외 카페에서 아르마냑과 커피를 즐길 수도 있고, 유명 디제이
가 있는 클럽에서 춤을 출 수도 있다. 그러나 프로방스에 사는 사람들이

라면 안다. 이곳에서 제일 핫한 플레이스가 바로 밤의 해변이라는 것을.

태양의 열기를 머금어 아직 따뜻한 모래에 등을 대고 누워 시원한 로제와인과 비스킷 몇 조각, 치즈를 곁들여 수다를 풀어놓으면 유난히 흰 밤의 파도가 장단을 맞춰온다. 그리고 열대야가 이어지는 7월 밤에는 음악 고수들의 라이브까지 들려온다. 가장 무더운 7월의 열흘간, 밤낮 없이 계속되는 쥐앙레팽 재즈 페스티벌이다. 돌아서면 추억이 되는 나이. 70,80대 노장 뮤지션들이 해변의 작은 무대 위에서 그저 선율을 가지고 한바탕 놀아대면, 세월이 묻어나는 악기에서 수많은 음표들이 쏟아져 나와 주위를 가득 채운다. 브라질의 삼바 리듬과 남아메리카의 끈적끈적함, 샹송의 달콤함, 심지어 클래식 선율까지…… 시대의 흐름에 변형되고 다른 장르와 끊임없이 소통하는 그들의 음악이 '재즈'를 명쾌하게 정의 내린다.

이곳에선 언어가 통하지 않는 무수한 낯선 이들과 어울려 음악 하나만으로 감정을 공유할 수 있다. 그러나 익숙한 멜로디가 곤혹스러울 만큼 거대한 추억의 쓰나미로 돌변해 심장을 한 번에 꿰뚫는 순간, 떠들썩한 축제 속에 때론 철저히 혼자가 되기도 한다. 내 마음대로 마스터링 되어 있던 선율들은 곧장 혈액 속으로 침투하여 온몸에 소름을 돋게 하고 맥박을 요동치게 한다. 그리고 결국에는 무의식 저 밑바닥에 있던 추억들을 줄줄이 끄집어내며 주변의 아우성과는 상관없이 나만의 공간 속으로 빠져들게 한다, 잊고 있던 것들에…… 그러나 어쩌면 이것이 우리가 음악을 찾는 진짜 이유일지도 모른다.

　1920년대부터 이미 앙티브와 쥐앙레팽은 젤다 피츠제럴드나, 어니스트 헤밍웨이, 콜 포터와 같은 예술가와 세계 각지에서 온 젊은이 들이 한데 어우러져 새로운 문화를 끊임없이 만들어내는 젊음의 도시였다. 소프라노 색소폰의 거장 시드니 베셰 덕분에 이곳이 서서히 재즈의 중심지로 떠오르기 시작했는데 그를 추모하기 위해 1960년, 제1회 재즈 페스티벌을 개최한 것이 지금의 쥐앙레팽 재즈 페스티벌의 토대가 되었다. 축제 기간에는 쥐앙레팽뿐만이 아니라 옆 도시인 앙티브의 광장과 해변도 공연장으로 탈바꿈하는데 매년 15개국, 30여 팀이 참가하여 클럽과 공연장은 물론 해변, 광장, 시장, 길거리 등 어디를 가도 귀가 즐거워진다.

　이 축제에는 유명 재즈 뮤지션의 유료 공연과 파티를 겸한 초호화 공연인 보 수아레 VIP도 있지만, 아마추어 혹은 젊은 재즈 뮤지션들의 때와 장소를 가리지 않는 무료 공연이야말로 흥을 돋우고 몸을 들썩이게 하는 페스티벌의 백미다. 시가지를 행진하며 공연하는 마칭 밴드와 게릴라성 공연들은 주머니 사정이 가벼운 학생들뿐만 아니라 마을 주민들까지 들썩이게 한다. 오케스트라를 연상케 하는 대규모 공연부터, 기타, 보컬, 피아노의 깔끔한 트리오, 몸이 저절로 들썩이는 브라스밴드, 오롯이 목소리 하나만으로 승부하는 무반주 재즈싱어까지…… 무료 공연이지만 선택의 폭도 넓어, 입맛대로 고를 수도 있다.

　나는 매년 반짝반짝 빛이 나는 새내기들의 떨림을 공유하기 위해 젊은 뮤지션들의 공연을 찾곤 하는데 완벽한 기성 밴드에선 느낄 수 없는 가슴 벅찬 그 무엇이 있기 때문이다. 물론 자리를 힘껏 박차고 일어나 열렬히 박수를 치고 인색하지 않게 '브라보'를 외치며 어린 열정을 격려하는 것도 나의 몫이다. 다정하게 팔짱을 낀 동성 연인들, 점잖게 정장을 차려입은 노부부들, 슬리퍼를 신고 강아지를 데리고 나온 현지인들 그리고 대포 같은 카메라렌즈를 돌려가며 이 순간을 기념하는 세계 각지의 재즈 마니아들이 나와 힘을 합쳐 어린 선율에 무한한 키스와 휘파람을 날려 보낸다.

인간은 너무도 어리석어 젊을 땐 돈만을 좇다가 막상 부자가 되고 나면 지나간 젊음을 되찾기 위해 전 재산을 다 쓴다고 한다. 그러나 적어도 이곳에는 그런 바보 같은 사람은 없다. 마음껏 즐기고 온몸을 불사르며 현재를 즐기고 있는 사람들뿐이다. 마치 오늘이 세상의 마지막 날인 듯이.

영화제로 부활한
어 촌   마 을
:
칸

칸에 산 지 오래 되었지만 아침을 먹기 위해 해변의 카페로 나가는 것은
늘 설레는 일이다. 나를 관광객인 줄 알고 콧소리 섞인 애교 있는 영어로
열심히 메뉴를 설명하는 웨이터들도 언제부터인가는 은근히 즐기게 되었
고 말이다. 프랑스어로 아침식사는 프티 데주네, 즉 '작은 점심'이라고 부
르는데, 이 말을 곧이곧대로 해석하면 절대 안 된다. 양도 양이지만 특히

내가 사랑하는 팽 오 쇼콜라는 두 개만 먹어도 에베레스트 산에 오를 수 있을 정도의 칼로리를 가지고 있다.

팽 오 쇼콜라는 간단히 말해 크루아상에 초콜릿이 들어간 빵이라고 생각하면 된다. 오븐에서 갓 구워낸 후, 한 김 식히고 먹는 것이 가장 좋은데 바로 이때 겉은 바삭해서 수많은 페이스트리 부스러기가 떨어지고 결이 하나하나 살아 있는 속은 아직 따뜻한 온기를 품은 초콜릿과 어우러지며 쫄깃한 식감을 낸다. 물론 손에는 엄청난 버터기름이 묻어나고 입술은 본의 아니게 섹시하게 번들거리는데, 이때 우유를 잔뜩 넣은 카페오레를 홀짝 마시면 금상첨화다. 또 갓 구워낸 바게트를 반으로 갈라 촉촉하고 김이 모락모락 오르는 흰 속살에 소금기가 약간 있는 버터를 바르고 키위 잼을 발라 먹거나, 보들보들한 버섯 오믈렛에 햄과 치즈를 곁들일 수도 있지만 아침에 이 모든 것을 다 먹을 수 있는 사람은 많지 않다.

칸의 옛 항구 주변 고요한 해변에서 아침부터 발에 모래를 묻히며 거창한 아침식사를 하면 2킬로미터의 해변 산책로이자 그 자체가 문화유산이기도 한 크루아제트 대로가 드라마틱하게 한눈에 들어온다. 이 도시는 영화제로 유명하지만 이 도시의 역사 또한 한 편의 드라마다. 백마 탄 왕자님을 만나는 신데렐라 스토리는 오랫동안 드라마와 영화의 단골 소재였는데, 칸 역시 신데렐라처럼 역전에 성공하여 단번에 신분 상승한 도시다. 니스, 모나코, 툴롱, 마르세유 등이 그 국적과 주인이 여러 번 바뀌면서 다양한 문화와 이야기를 가지고 있는 것과는 달리 칸에는 과거가 없다.

이름마저 바닷가에 아무렇게나 자라나는 갈대풀 '카나'로 불리던 이 보잘것없는 동네는 그저 어부들만의 세상이었다. 그러던 1834년, 드디어 이 어촌의 신데렐라 스토리가 시작된다. 그라스에 살고 있던 영국 대법관 출신 브로엄 경은 친구의 초대로 당시엔 '니차'라는 이름의 이탈리아 령이었던 니스로 길을 떠났는데, 콜레라로 갑작스레 국경이 폐쇄되어 발길을 돌리게 된다. 되돌아오는 길에 날까지 저물어 이름 모를 칸의 허름한 여인숙에 하룻밤을 머무르게 되는데, 이튿날 아침 여인숙의 창밖 풍경을 보고 브로엄 경은 넋을 잃고 만다. 이렇게 아름다운 곳이 있었다니! 허허벌판이었던 갯마을이 화려한 휴양도시로 탈바꿈하는 순간이다. 그렇게 브로엄 경은 신도시를 발견하고 그 미지의 땅에 호텔을 지은 최초의 사람이 되었고 영국 귀족들은 앞다투어 브로엄 경을 따라 칸에 투자를 하기 시작했다. 칸에서 국제 영화제를 개최하게 된 것도 어쩌면 이 영국인 덕분이다. 칸을 대표하는 건장한 야자수와 종려나무도 사실 당시에 모로코에서 공수해온 것이니까 말이다.

크루아제트 대로에는 칸 영화제가 열리는 팔레 데 페스티벌을 시작으로 명품 부티크와 유명 호텔 들이 줄지어 있는데 특히 정중앙의 칼통 호텔은 벨 에포크 시대의 대표 건축이며 프랑스의 문화유산으로 칸의 자존심과 같은 곳이다. 1909년 아르데코 스타일로 만들어진 이곳은 칸 영화제의 시작과 동시에 '스타들이 머무르는 곳'으로도 유명세를 탔지만 앨프리드 히치콕의 「나는 결백하다」 등 수많은 영화에 비중 있게 등장하기도 했다. 현재까지 수많은 호텔들이 생겼음에도 이 문화재를 한눈에 알아볼 수 있는 것은 바로 스페인 댄서이자 배우인 라 벨 오테로의 가슴을 본 따 봉긋하게 만든 두 개의 돔 덕분이다. 그녀는 모나코의 왕자 알베르 1세, 영국의 에드워드 12세, 스페인 왕, 러시아 공작 등 유럽 전역의 귀족, 왕족들과 염문을 뿌린 당대 최고의 사교계 여왕이었다. 때문에 앙리 룰이 그녀의 가슴에서 영감을 얻어 호텔 지붕을 설계했다는 소문을 듣고 수많은 팬들이 확인 차 원정길에 올랐을 정도라고 한다. 미디어가 귀했던 시절의 획기적인 마케팅이 아니었을까 하는 의심이 들기도 하지만 말이다.

칸은 왠지 호화롭고 사치스러운 도시 같지만 크루아제트 대로를 살짝 벗어나 앙티브 거리로 접어들면 금세 친숙한 쇼핑가의 모습을 드러낸다. 이곳에선 익숙한 중저가 브랜드숍들도 많아 저렴한 가격의 프로방스풍 의류와 액세서리로 프랑스의 멋을 완성할 수 있다. 또 유명 마카롱 숍 라 뒤레, 쇼콜라티에 장 뤽 펠레, 빵집 르 노트르 등이 포진해 있어 입안도 행복해진다. 좀 더 전통적인 색을 간직한 칸을 보고 싶다면 정육점, 생선 가게, 치즈 가게, 햄 가게, 생 파스타와 생 햄을 파는 이탈리아 향신료 가게, 과일 가게가 즐비한 메이나디에 거리가 좋다. 이 길은 청과물 시장인 마르셰 포르빌까지 뻗어 있어 반나절의 구경만으로도 칸 사람들의 동선을 밟아볼 수 있다.

뒤마가 만든
세상의 끝

:

레랭 섬

칸 항구에서 매 시간 한 대꼴로 있는 앙증맞은 크루저를 타고 칸 앞바다
에 위치한 두 개의 섬 레랭으로 향한다. 그리고 불과 20분의 호젓한 뱃놀
이로 첫 번째 섬 생트 마르게리트에 닿으면 먼저 철가면과 대면하게 된다.

1638년, 프랑스 왕가에서 한 사내아이가 태어난다. '하늘이 주신 아
이'라는 뜻의 루이 디외도네라는 이름의 이 아이는 불과 네 살의 나이로

프랑스의 왕이 되고 1715년에 죽을 때까지 총 72년 3개월 18일 동안 왕좌에 머물렀는데, 이 기록은 프랑스뿐만 아니라 유럽의 군주들 중에서도 단연 최장의 기록이었다. 그가 바로 태양왕 루이 14세다. 철가면이 세간에 알려진 것은 1771년 문필가이자 사상가인 볼테르가 '루이 14세가 쌍둥이 동생에게 철가면을 씌워 유배를 보냈다'라는 가설을 『백과전서』에 실으면서다. 당시 철가면을 쓴 죄수는 실제 존재했으며 그가 이 섬의 요새 감옥에서 11년을 갇혀 있다가 바스티유 감옥으로 이송되어 1703년에 사망했다는 것은 이미 확인된 사실이었다. 실상 '철'이 아닌 '검정 벨벳'으로 만들어진 마스크를 쓴 차이점은 있었지만 호송할 때는 파라핀으로 봉한 마차에 태웠을 정도로 34년간 철저히 얼굴을 가렸고, 수감 내내 고급 와인과 식사를 대접받았으며 결정적으로 사후에 생폴 성당 묘지에 마샬리라는 이름으로 안치되면서 그가 '왕의 쌍둥이 형제'라는 볼테르의 설에 더욱 힘이 실리게 된다. 그리고 이 미스터리한 죄수에 대한 루머는 1847년 알렉상드르 뒤마의 '달타냥과 삼총사 시리즈'의 마지막 이야기 『브라젤론 자작』에 본격 등장하며 마치 정설처럼 받아들여지게 된다.

17세기에 지어진 보방의 요새로 들어가면 모든 것이 그 시절 그대로 보존되어 있고 철가면의 실제 수옥도 남아 있다. 비록 3중 철창 밖으로는 눈부신 에메랄드 빛 지중해에 고급 요트들이 줄지어 떠가고 또 칸의 도심 풍경이 한눈에 들어와 수인의 고뇌를 채 느껴볼 틈도 없지만 말이다. 설상가상 1998년 할리우드에서 만들어진 영화 「아이언 마스크」 때문에 의문의 철가면이 자꾸만 리어나도 디캐프리오의 얼굴로 떠올려지기까

지 한다.

감옥에서 나와 앙증맞은 군락을 이루는 마스 프로방살, 즉 프로방스의 전통 농가를 둘러본다. 옷차림으로, 글씨체로 또 말투로도 사람의 성향이나 성격을 알 수 있지만 집만큼 정확한 게 또 있을까? 거칠고 투박한 돌로 쌓아 올렸지만 따스한 오후의 햇살을 머금은 이런 곳에는 곰살곶은 사람들이 살고 있을 것만 같아서 고향에 온 듯 편안하기만 하다. 깊이를 가늠할 수 없는 우물을 중심으로 남향으로 늘어선 마스들을 구경하다 보면 도리어 나를 구경하는 흰 갈매기와 오동통한 고양이도 만날 수 있다. 삶의 속도는 중요하지 않다는 듯, 무념무상으로 테라코타 지붕 위에서 일광욕을 즐기는 갈매기와 낯선 이의 손길을 허락하며 한갓지게 낮잠을 청하는 고양이가 완전히 해탈한 듯한 모습이다. 아니, 그저 '될 대로 되라' 식의 게으름의 극치일지도 모르겠다. 프로방스에 위치한 오래된 집이라고 해서 모두 마스는 아니다. 귀족들이 살던 부르주아의 대형 고택은 바스티드라고 부르는데, 높은 담으로 둘러싸인 요새 형태로 일자의 단순 구조가 아닌 ㄴ 자나 ㅁ 자 형태가 많다.

아까보다 더 작은 크루저를 타고 역시나 더 작은 두 번째 섬 생토노라로 가면 이젠 아예 세상 끝에 닿은 느낌이다. 속세를 잊은 듯 홀로 서 있는 레랭 수도원 때문이다. 4세기 아를의 대주교 생토노라는 이 외진 섬에 은둔하며 신앙생활을 했는데, 그의 추종자들이 하나둘 이주해오면서 겨우 가로 1.5킬로미터, 세로 400미터인 섬 전체가 수도원으로 변신했다. 7세기와 10세기의 지하실, 벽화와 조각 등 수세기에 걸친 신앙의 흔적들

이 고스란히 남아 있지만 20세기 초 폐쇄 수도원으로 전환되는 바람에 현재에는 레랭 수도원 성당과 일곱 개의 예배당만이 공개되고 있다. 그러나 사라센 침략으로 수도원 앞 해변에 지어진 생토노라 요새의 꼭대기에 오르면 견고한 성곽으로 둘러싸여 유칼립투스와 소나무, 사이프러스나무가 아름답게 어우러진 수도원이 한눈에 들어온다. 수세기에 걸친 외세의 침략에 어쩔 수 없이 쌓아올린 성곽이건만 현재에는 그저 두 팔을 벌려 수도원을 감싸 안은 듯 안온하게만 보인다. 생토노라의 수도사들은 포도 농장을 경영하며 와인을 제조하는데, 섬의 작은 규모가 말해주듯 포도밭은 고작 8헥타르이며 매년 3만5,000병의 와인과 1만2,000병의 포도주스만이 생산될 뿐이다. 그러나 높은 품질과 희귀성 때문에 엘리제궁과 유럽 의회 등 특별한 곳으로만 납품된다. 와인을 맛보지 못하는 서운함을 수도사들이 양봉한 꿀로 대신해본다. 무언가 특별한 맛이 날까? 청량한 뻥 소리와 함께 뚜껑을 열고 새끼손가락으로 살짝 찍어 맛을 보니 꿀벌들이 늘 성가와 기도를 들어서 그런지 의젓한 달콤함이 풍긴다. 향기가 기억을 끌어내는 '프루스트 현상'에 기대어, 심신이 지칠 때마다 이 꿀단지를 열어 차분한 단 향을 맡아야겠다. 그러면 곧 눈앞에 이 레랭 수도원이 펼쳐지며 마음을 토닥여줄 것만 같다.

우리나라에도 템플스테이가 인기를 얻고 있는 것처럼 유럽인들 또한 마음을 다스리기 위해 이 성스러운 섬에 모여든다. 물론 가톨릭신자여야만 하고 그 대기자 명단이 너무 길어 지금 신청하더라도 3년 후에나 차례가 돌아오는 단점이 있지만 말이다.

음 식 도
예 술 이 다

:

무 쟁

미식가이며 동시에 대식가이기도 한 프랑스인들의 가장 난감한 표정은
빵집에서 여러 가지 빵을 마주했을 때, 혹은 긴 메뉴판을 들여다볼 때
볼 수 있고, 잔뜩 심술이 난 얼굴은 맛없는 음식을 먹었을 때 볼 수 있
다. 강한 악센트가 섞인 된소리로 욕설을 거침없이 내뱉는 것도 바로 이
때다. 누가 프랑스를 관용의 나라라고 했는지 모르겠지만 음식 앞에선

어림 반 푼어치도 없는 소리다. 이들의 혀는 피도 눈물도 없고, 인색하고 까다로우며 냉철하기만 하다. 그러나 무쟁에 오면 반대로 손끝에 입을 맞추며 감탄사를 연발하는 사람들을 더 많이 볼 수 있다. 로제 베르제, 드니스 페티송, 세바스티앵 샹브루 등 스타 셰프들이 미슐랭 별을 지지고 볶아 늘 고소한 냄새가 진동하는 곳이니 말이다. 요리사들은 자신의 주방을 '아틀리에'로, 또 조리대를 '피아노'라고 부르는데, 이 아티스트들이 창조해낸 오감 만족 예술을 맛보기 위해 매년 수많은 사람들이 무쟁으로 몰려든다.

프랑스 요리는 2010년 음식 문화 최초로 유네스코 무형문화재로 등재될 만큼 하나의 예술로 자리 잡고 있다. 그러나 프로방스로 오면 그 느낌이 조금 달라진다. '신들의 만찬'으로 불리는 프로방스 요리는 재료 본연의 맛을 최대한 살리기 위해 특별한 소스나 복잡한 조리법 없이 심플하고 담백하게 나오기 때문에 일견 '별것 없다'는 생각이 들지도 모른다. 하지만 "위대한 요리는 단순한 요리다"라는 프로방스 출신의 거장 셰프 조르주 에스코피에의 말처럼 프로방스 요리는 '맛과 영양'이라는 기본 요소로 승부하는, 유난히 고집스러우면서 자존심이 센 요리다. 특히 미네랄이 풍부해 맛과 영양을 극대화하는 카마르그 소금과 올리브오일은 천혜의 땅에서 거둔 재료가 자아내는 풍미를 잘 살려내기에 언제나 프로방스 요리의 중심에 있다. 거기에 월계수 잎, 타임, 로즈메리, 바질 등 프로방스의 허브들이 더해진다면 금상첨화다.

무쟁에 왔다고 해서 '피카소의 단골 레스토랑' '에디트 피아프의 단골

카페' 등 대단한 수식어를 좇거나 미슐랭 별의 개수를 따지며 굳이 비싼 게스트로노미 레스토랑을 찾아갈 필요는 없다. 무쟁에서는 저렴한 로제 와인 한 잔에 기본 코스만으로 신들의 만찬을 즐길 수 있으니까. 소박한 시골풍 레스토랑을 표방하지만 실상 정말 멋들어진 정찬이 나오는 라망 디에는 내가 좋아하는 레스토랑이다. 샴페인과 카시스 시럽을 섞은 키 르 로열을 한 잔 마시고 곧바로 마르세유의 대표 생선 수프 부야베스, 호 박꽃에 소고기를 넣은 호박꽃 튀김, 튀긴 멸치와 절인 멸치를 곁들인 샐 러드를 앙트레로 조금씩 맛보니 벌써 걱정이 된다. 이미 배가 '빈 공간 절 대 부족'이라는 신호를 보내오기 때문이다. 그러나 메인 요리로 청어, 오 징어, 뱀장어, 송어, 가자미, 새우, 황새치가 먹음직스런 그릴 자국을 몸 통 가득 새긴 채 눈앞에 놓이면 라벤더 꽃잎을 넣고 구워 향긋함이 감도 는 바게트까지 곁들여가며 순식간에 해치우게 된다. 그리고 정말이지 다 행인 것은 어떤 상황에도 디저트 배가 따로 있다는 사실이다. 막 구워져 나온 따뜻한 퐁당 오 쇼콜라의 진득한 다크 초콜릿과 장미꽃을 넣어 만 든 바닐라아이스크림은 중추신경으로 바로 전달되어 오늘의 만찬에 환 상적인 마침표를 찍어준다.

이쯤되면 배가 무척 부르지만 걱정할 필요는 없다. 고즈넉한 이 중세 마을의 골목골목이 화려한 아틀리에와 갤러리 들로 가득하기 때문이다. 여기선 눈을 동그랗게 뜨고 사방에 포진해 있는 갤러리들을 주의 깊게 살펴볼 필요가 있다. 10년 혹은 20년 후 엄청난 몸값을 뽐낼 작품들도 간혹 있을 테니 말이다. 또 피카소, 장 콕토, 달리, 마티스 등 프로방스에

서 활동한 유명 예술가들의 사진과 사진기의 역사를 한눈에 볼 수 있는 사진 박물관은 무료로 관람하는 것이 미안할 만큼 작은 규모에도 알찬 전시를 선보인다.

작은 마을이건만 볼거리가 많아 구석구석 찬찬히 구경을 하다 보면 시간이 훌쩍 간다. 그리고 위장에겐 좀 미안하지만 어느새 시선은 다시 레스토랑의 메뉴들을 훑고 있다. 참, 무쟁의 게스트로노미 레스토랑 가운데는 저녁에 어린이의 출입이 금지된 곳이 종종 있다. 우아하고 중후한 '어른들만의' 분위기를 해치지 않기 위해서인데 그에 반해 예절을 잘 아는 개와 고양이는 언제나 환영이다.

무엇을 탈까?

1. 렌터카

프로방스에선 렌터카로 여행하면 좋다. 한국 운전면허증과 국제면허증을 함께 제시하면 쉽게 대여가 가능하고 표지판, 속도 표시, 신호 체계 등이 한국과 비슷하여 자가운전이 어렵지 않기 때문이다. 게다가 2인 이상이라면 대중교통보다 훨씬 저렴하다. 가끔 비싼 가격에도 프로방스 여행을 만끽하겠다는 생각으로 컨버터블 차량을 빌리는 경우가 있는데, 햇볕

숙박업소를 고를 때 자체 주차장이 있는 곳인지 확인해보는 것도 좋은 방법이다.

2. 자전거

니스나 망통 등 대도시에선 파란 자전거, 벨로 블뢰Vélo bleu라는 '무인 자전거 대여 시스템'을 운영하고 있다. 신용카드로 신원 확인을 한 뒤 시간당 1유로 정도의 저렴한 가격으로 자전거를 빌리는 것인데 대여소가 워낙 많아 빌리기

이 너무 강해 여름에는 그리 추천할 만하지 않다. 주차는 도로 한편에 유료Payant라고 쓰인 흰색 선 안에 해야 하는데, 거리의 주차권 발권기에서 약 1~2유로로 정도를 내고 30분~2시간용 주차권을 사서 반드시 앞 유리에 보이도록 놔두어야 한다. 장애인 전용인 파란색 선이나 운송 트럭 전용인 주황색 선 안에 주차를 하면 최대 100유로까지 벌금을 물 수 있으니 조심해야 한다. 렌터카는 번호판에 60이라고 쓰여 있어 누구나 쉽게 구별이 가능한 만큼 중요한 물건은 차에 두고 내리지 않도록 한다.

도, 반납하기도 쉽다. 그러나 도시의 경계를 넘어가면 안 되고, 자전거 도로가 없는 구간도 많은데다. 사고가 났을 때는 보험 처리도 어려운 만큼 야간에는 각별히 조심해야 한다.

3. 기차

고속 열차 테제베TGV와 지역 열차 테에알TER이 있긴 하지만 산악의 작은 마을로는 잘 이어지지 않고 버스 또한 시간표가 잘 지켜지지 않기 때문에 이용이 쉽지 않다. 단, 해안선을 따라 운행되는 테에알은 2층 기차라서 전망을 감상

할 수 있는데, 특히 망통-모나코-니스-칸 구간에는 아름다운 풍경들이 꼭꼭 숨어 있어 한 번쯤 이용해볼 만하다.

4. 크루저

망통-모나코-니스-칸-상라파엘-생트로페-툴롱-이에르-마르세유-카시스 등 대부분의 해안 도시들은 크루저로 연결된다. 최단 코스 약 20분, 최장 코스 약 2시간 반 정도이며 배

15일, 1개월까지 다양하다. 단기 코스를 선택하면 승마 초보자들도 가벼운 복장으로 쉽게 탈 수 있다. 야생 습지를 지나면서는 귀여운 비버, 설치류인 마르모트, 야생 백마, 장밋빛의 플라밍고 떼 등 다양한 야생동물을 볼 수 있고 소금 평야와 소금 산도 볼 수 있다.

6. 헬리콥터

프로방스가 워낙 작은 지역이다 보니 헬리콥

가 자주 있어서 하루 전에 예약해도 충분하다. 이동수단뿐 아니라 뱃놀이로도 손색이 없는데, 지중해에서 바라보는 미항들이 색다른 풍광을 선사한다.

5. 승마

론 강의 입구인 카마르그 지역은 국립공원으로 지정, 보호되는 곳인데 특히 흰색 야생마들의 천국으로 유명하다. 이곳에선 길들여진 카마르그 말을 타고 대자연 곳곳을 탐험할 수 있는데 코스는 한 시간 또는 반나절에서부터

터 이용 비용이 생각만큼 고가는 아니다. 니스 공항에는 모나코와 마르세유로 가는 헬기가 정기적으로 있고 망들리외, 상라파엘, 마르세유, 툴롱 등 소규모 공항에도 헬리콥터가 항시 대기 중이어서 이용이 편리하다. 발랑솔 고원에 라벤더가 만개할 때나 프로방스의 산악 지역을 돌아볼 때, 마르세유에서 이어지는 절벽을 돌아볼 때 특히 유용하다. 한 사람의 시간당 경비는 200~300유로 정도이며 최소 인원은 4~5명이다.

02

황금빛 태양을 따라서

레자크·생트로페·오바뉴·마르세
유·엑상프로방스·살롱 드 프로방
스·아를·레보 드 프로방스·마이안

황금빛 태양을 따라서 (직선거리 189.17km)

반나절 – 레자크 & 생트로페

레자크 ⋯ 생트로페 **거리** 43.19km | **이용 도로** D555, D25, D559(모어 산지, 포도밭) | **시간** 1시간 ⋯ 오바뉴 **거리** 116.19km | **이용 도로** D555, D25, D559(모어 산지, 포도밭) | **시간** 2시간

반나절 – 오바뉴

거리 18.23km | **이용 도로** D2, A50(갈라방 협곡) | **시간** 30분

반나절 – 마르세유

거리 31.81km | **이용 도로** A51, D64(생트빅투아르, 포도밭) | **시간** 40분

1일 – 엑상프로방스

거리 39.54km | **이용 도로** D10, D113(프로방스 운하) | **시간** 45분

반나절 – 살롱 드 프로방스

거리 43.26km | **이용 도로** D113, N113(알피유 산맥, 론 강) | **시간** 50분

1일 – 아를

거리 18.48km | **이용 도로** D570, D17, D27(알피유 산맥) | **시간** 40분

반나절 – 레보 드 프로방스

거리 12.23km | **이용 도로** D27(사이프러스 나무 길) | **시간** 30분

반나절 – 마이얀

거리 12.59km | **이용 도로** D970(론 강) | **시간** 20분

타라스콩

시냐크의
여행 스케치

:

레자크 & 생트로페

김이 모락모락 오르는 체리 클라푸티(밀가루·우유·계란·과일을 섞어 만드는 프랑스 가정식 디저트)가 소담스럽게 쌓여 있고 절인 마늘이며 올리브가 프로방스의 싱싱한 찬거리로 펼쳐지는 레자크의 마르셰. 시식용으로 놓인 치즈며 햄이며 소시지들이 모두 먹음직스럽게 두툼한 것을 보니 분명 인심이 좋은 마을이다. 나도 보들보들 새하얀 염소젖 치즈를 한입 가득 맛

보며 거리의 악사가 울려대는 맑은 오르골 선율을 따라 시장 구경에 나선다. 그리고 곧 프랑스를 대표하는 만화 캐릭터 아스테릭스처럼 작지만 다부진 체격으로 큰 재능을 뽐내는 프로방스의 목수를 만난다. 묵직한 올리브 나무 밑동을 깎고 다듬는 그의 투박한 손놀림 끝에서 뚝딱 곡선의 나이테가 생생히 살아 있는 올리브 나무 도마가, 세심한 결이 느껴지는 샐러드 볼이, 날이 살아 있는 빵 칼이 탄생하고 오래된 샹송의 멜로디와 함께 자투리 나무 또한 앙증맞은 쌍둥이 티스푼으로 다시 조각된다.

수백 년은 거뜬히 사는 신비의 나무이기에 성서와 호메로스의 『오디세이』에도 등장하며 장수와 평화의 상징으로 수 세기에 걸쳐 귀하게 여겨진 올리브 나무. 완전식품이라 불리는 올리브 열매는 고대 수라상의 중요한 재료로, 왕비의 화장품으로 또 각종 치료제로도 사용되었다. 지중해 주변에는 2,000살을 넘긴 산신령 같은 올리브 나무들도 있는데, 이 고목들은 여전히 꽃을 피우고 열매를 맺는다.

유난히 가뭄과 질병, 병충해에 강한 나무라서 프로방스의 농사꾼들은 아버지와 할아버지 대에 거슬러 올라도 올리브 나무가 죽었다는 이야기는 들어본 적이 없었기에 이들에게 올리브는 그저 영겁을 사는 신비의 나무였다. 그러나 1956년 이상 한파로 인해 지중해안의 많은 올리브 나무가 얼어 죽자 그 나무 몸통을 조각해 생활소품과 주방용품을 만들었는데 그것이 의외의 인기를 불러일으키며 프로방스의 대표적 상품으로 자리 잡게 되었다. 이런 공예품들은 기름을 바른 듯 매끈하고 부드러운 감촉, 나이만큼이나 풍부하고 진한 색감, 따스한 느낌의 자연스러움, 덤

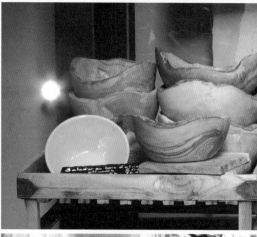

으로 생생한 나뭇결과 나이테가 제각기 다른 문양을 고수하기에 몇 개의 소품만으로도 소박한 듯 화려한 주방이 완성된다. 나도 초로의 목수에게 둥근 톱니가 있어 바게트뿐만 아니라 토마토나 피망을 자를 때도 유용한 빵 칼과 커다란 샐러드 볼을 하나 산다. 이 마음씨 좋은 아스테릭스는 앙증맞은 포크와 버터나이프까지 덤으로 얹어 금세 '올리브 나무 주방 세트'를 만들어 나에게 내민다. 인심 좋은 목수의 솜씨에 진초록의 푸성귀를 담고 금빛 올리브를 올려 소박한 샐러드를 만들 생각을 하니 벌써 몸이 좋아진 듯한 착각이 든다.

지천에 올리브 나무와 포도밭뿐인 레자크를 빠져나와 한참을 달리면 생트로페에 도착한다. 이 마을은 나에게 강렬한 첫인상으로 남아 있다. 데자뷔란 프랑스어로 '이미 본'이라는 뜻으로 최초의 경험임에도 과거에 이와 같은 경험을 한 적이 있다는 환상이나 착각을 말한다. 그리고 도데가 '태양의 고향'이라고 칭했던 이곳에 처음 왔을 때 나는 데자뷔를 경험했다. 눈을 시리게 하던 태양과 가슴에 와락 안기듯 불어오던 바람, 그리고 거기에 묻어난 백리향은 진정 이미 경험한 것이었다. 물론 그 기억의 근원이 폴 시냐크의 화집이라는 것을 깨닫는 데에는 그리 오랜 시간이 걸리지 않았지만 말이다.

프로방스에 살면서도 가끔 이른 아침부터 시냐크의 화집을 들고 이 마을을 탐색하다가 에일리언처럼 팔다리만 기다랗게 늘어난 내 그림자를 보고 놀랄 때가 있었다. 그만큼 시냐크의 캔버스는 나에게 무언의 최면을 건다. 그것이 조악한 1유로짜리 엽서일지라도 말이다. 사실 요트 여

폴 시냐크, 「생트로페 항구」, 캔버스에 유채, 131×161.5cm, 1901, 도쿄 국립서양미술관

행을 하며 특히나 많은 바다와 항구를 그렸던 시냐크의 그림에는 강렬하고 짜릿한 표현도 없고, 사진을 보듯 사실적이고 세밀한 묘사도 없다. 그런데도 캔버스 안에서 수만 개의 점들이 분주하지만 경쾌하게 제각기 살아 움직인다. 「생트로페 항구」 속 범선에서 오랜만에 닻을 내리고 육지를 밟은 뱃사람들은 저마다의 이야기로 부산하고, 건강하게 그을린 구릿빛 피부가 바다 너머 미지의 세계를 짐작케 한다. 나는 진한 아라비아 커피 향이 나는 자루에 앉아 그들이 갓 내려놓은 나무 상자들을 열며 가지런히 진열된 남미의 고급 담배며 고운 색깔의 아랍 향신료들을 구경한다. 어느덧 노을이 농익은 단감 색으로 항구를 물들이고 작은 고깃배들도 하나둘 뭍으로 돌아오면, 장밋빛 구름 위로 따뜻한 갯바람이 불어온다. 시냐크의 작품은 한 번 보면 절대 잊히지 않는다. 그저 '본' 것이 아니라 '경험'하게 되기 때문이다.

브리지트 바르도, 다이애나 왕비, 카를라 브루니 등 유명 인사들의 초호화 휴양지로 잘 알려진 생트로페이지만 그 항구는 시냐크의 시대와 전혀 달라진 것이 없다. 야외 카페에서 자그마한 계피 비스킷 한 조각을 에스프레소에 적시며 나른하게 출렁이는 배들을 바라보고 있노라면 절로 고개가 끄덕여진다. 시냐크가 왜 유독 이 소탈하고 꾸밈없는 작은 도시에 매료되었는지. 그리고 그의 애정은 「빨간 부표」「조화로운 시간」「우물가의 여인들」 등에서 확연히 나타난다. 이 화가는 무수히 많은 점들을 찍어 하나의 색상과 형태를 만드는 점묘주의로 각인되어 있지만 싱그러움이 가득한 작은 수채화나 펜으로 단숨에 그려진 소품들도 찬찬히 곱씹어볼 만

하다. 프로방스 일대로 스케치 여행을 다니며 그가 그린 곳은 니스, 앙티브, 아비뇽, 타라스콩, 마르세유, 카시스, 아를, 생폴 드 방스 등 그 양이 방대할 정도인데 비가 오면 비가 온 대로 다홍빛 구름 아래 촉촉하게 물기를 머금은 청순한 지중해가 있고, 볕이 따뜻하면 또 그런 대로 발랄한 에너지가 넘쳐흐르는 총천연색 노천시장과 도심 풍경이 있다.

시냐크는 투명하고 담백한 색채를 부여해 나이를 먹을 대로 먹은 중세와 고대 도시들까지도 참신하고 산뜻하게 만들었기에 그의 캔버스를 바라볼 때면 프로방스에 사는 나조차도 여행을 꿈꾸게 된다. 그러나 기분 좋은 설렘 속에서 유독 침묵하는 작품이 있다. 「반 고흐의 집」이다. 시냐크는 반 고흐가 정신병원에 감금되었을 때 유일하게 발 벗고 나서 도움을 준 사람이었고 그의 작품을 높이 평가해 회고전을 열기도 했다. 그리고 40년 후, 노년의 시냐크는 친구와 마주했던 아를을 그리며 그를 추억했다. 반 고흐는 없고 제1차 세계대전 때의 폭격으로 노란 집도 더 이상 노란색은 아니었지만 말이다. 시냐크의 따뜻한 품성과 긍정의 힘 때문일까. 기분 좋은 첫인상을 지닌 그의 작품들을 보면 생명이 조금 연장되는 느낌이 든다. 그리고 그 풍경 속에 들어가 살고 싶다는 생각이 간절하다. 문득 반 고흐도 시냐크가 그린 '반 고흐의 집'에 살았다면 얼마나 좋았을까 하는 부질없는 생각을 해본다. 따스한 사람 냄새와 청초한 생기가 가득한 말간 수채화 속 바로 그 집에 말이다. 그랬다면 반 고흐도 '세상은 참 살 만한 곳이야' 하며 즐겁게 삶을 계속해나가지 않았을까?

파 놀 을
추 억 하 며

:

오 바 뉴

갈라방 협곡을 마주하고 있는 자그마한 시골 마을 오바뉴. 마을 한복판임에도 쉽게 주차를 하고 마르셀 파뇰의 생가로 들어선다. 작은 주방과 작은 방 그리고 더 작은 침실. 곳곳에 남아 있는 아기자기한 소품들을 매만지다가 꼬마 마르셀이 허물처럼 벗어놓은 앙증맞은 교복을 맞닥뜨리면 와락 친근한 온기가 전해진다. 작가이자 영화제작자로 활동한 그이기

에 작은 영사실에서 흑백필름으로 돌아가는 그의 흔적을 마주하면 더욱 애정을 가지고 기웃거리게 되지만 너무도 작은 규모의 가정집이라 머무는 시간은 30분을 채 넘기지 못한다.

다시 시동을 걸어 굽이굽이 녹음을 파고들면 라 트레이에 닿는다. 노년의 파뇰에게 근사한 이야기를 선물했던 '마농의 샘'을 지나 파뇰의 가족 별장 바스티드 너브를 보기 위함이다. 아몬드, 도토리나무로 둘러싸인 이 고졸한 프로방스풍 농가는 파뇰이 아홉 살 여름 방학 때 처음 휴가를 보낸 후 평생토록 재산 목록 1호로 아꼈던 곳이다. 그러나 지금은 무지갯빛으로 발광하는 거미줄이 미풍에 흔들려 열심히 물레를 돌리던 거미가 순간 멈칫할 뿐 사방이 고요하다. 잠시 산바람에 귀를 기울이니 어느새 반바지에 양말을 올려 신고 들뜬 발걸음으로 아버지를 따라 사냥을 나가는 마르셀이 보인다. 노목 아래 두껍게 쌓인 낙엽 길을 바스락바스락 헤치며 멀어지는 그의 뒷모습이 하나의 점으로 멀어질 때까지 한참을 이 소박한 장면 속에 머물러 본다.

그를 직접 대면하는 것은 태양이 붉은색으로 타오르는 느지막한 오후, 이 한갓진 마을 구석의 마르세유 공동묘지에서다. 묘비 옆에는 그의 1938년 영화 「슈푼츠 Le Schpountz」의 한 구절인 "울어야 할 이유가 너무도 많았던 사람들에게 즐거움을 선사한 남자"라고 쓰여 있어 오롯이 그의 발자취만을 따라온 이방인을 잠시 미소 짓게 한다.

프로방스 출신으로 프로방스를 사랑한 프로방스의 대표 예술가로 부와 명예를 쌓으며 승승장구를 하던 마르셀 파뇰은 예순이 되던 해에 외

부와의 접촉을 끊고 돌연 은둔 생활을 시작한다. 어린 외동딸의 급사 때문이었다. 이때 심연으로 고꾸라진 노년의 예술가를 위로한 것은 아이러니하게도 세월을 거슬러 20세기 초에서 대면한 어린 시절의 자신과 그 따스한 유년 시절이었다. 우윳빛 절벽 위로 떡갈나무와 관목 숲이 울창하고 화사한 깃털을 뽐내는 티티새와 멧도요새가 하늘을 가르며 로즈메리와 백리향, 박하와 샐비어가 지천으로 피어 있는 넉넉한 고향 산천. 기억의 저편에서 어린 마르셀은 시골 친구와 동굴에 사는 수리부엉이를 구경하기도 하고, 한 소녀와 만나 첫사랑을 경험하기도 한다. 파뇰의 대표작이 되는 4부작 자전소설 『어린 시절의 추억』은 이렇게 탄생되었다. 1957년에 『마르셀의 여름』과 『마르셀의 추억』이 먼저 출판되었는데 1990년에 만들어진 이브 로베르 감독의 영화로 더 많이 알려졌다.

『마르셀의 추억』의 원제는 '어머니의 샤토'인데, 실제 배경이 된 장소이자 영화에 소개된 레자크의 '샤토 다스트로'도 오바뉴에서 불과 한 시간 거리에 있다. 봄, 가을의 피크닉 장소로도 사랑받는 이곳에 마침 풍성하게 사과 축제가 열리고 있어 꼬마 마르셀의 그림일기를 엿보는 듯 아련함을 느끼게 한다. 사과는 열댓 가지 종류로 구분되어 심겨 있는데, 마음껏 따 먹을 수 있고 박스에 담아 무게별로 가격을 치르고 가져갈 수도 있다. 또 황금색의 사과주스도 맛볼 수 있으며 애플파이를 굽는 용도로 멍이 든 낙과가 싸게 팔리기도 한다. 새빨갛게 잘 여문 피노바 사과를 하나 따니 출렁이는 나뭇가지의 반동으로 농익은 사과 대여섯 개가 후드득 줄지어 떨어진다. 바지에 대충 스윽 문지른 후 입안 가득 청량한 단맛을 음

미하며 오밀조밀한 과수원 길 사이를 거닐다 보면, 이 샤토를 동경했던 마르셀 어머니의 기분을 단번에 이해하게 된다. 그러나 정작 노년의 파뇰은 세 번째 이야기 『비밀의 시절』 이후로도 쉽사리 유년을 끈을 놓지 못했고 결국 이 연작을 미완으로 남겨둔 채 유명을 달리한다. 마지막 4부 『사랑의 시절』이 출판된 것은 그 후 3년이 지난 1977년의 일이었다.

파뇰은 "무엇을 보고 웃는가에 따라서 그 사람의 인격을 알 수 있다"라고 했다. 21세기에, 그것도 머나먼 동양 나라에서 온 내가 자신의 작품을 보고 웃음 짓는 걸 알았다면 그가 무척 기뻐했을 텐데 말이다.

역　사　의
갤　러　리

:

마 르 세 유

기원전 600년경 현재의 터키인인 포카이아인들이 '마살리아'라는 교역
항을 건설하면서부터 마르세유의 역사가 시작된다. 아를, 앙티브, 라 시
오타, 니스 등 프로방스의 대표 도시들을 식민지로 거느리기도 했던 이
부유한 도시는 그 항구 덕분에 지금까지 약 2,600여 년간 유행과 첨단을
가장 먼저 받아들이고 체험하는 얼리어댑터들의 세상이 되었다. 때문에

시청과 법원 등 주요 관공서를 비롯하여 모든 중요한 것들은 항구를 중심으로 생겨났다.

19세기에 거대한 항구가 새로 건설되었음에도 불구하고 오늘날에도 여전히 옛 항구 주변에 오페라하우스와 공연장 등의 문화 시설과 주요 성당들이 몰려 있다. 가장 번화가인 카네비에르 거리가 옛 항구에서 시작되는 것도 그런 이유에서다. 1599년 세계 최초로 설립된 상공회의소 또한 이곳에서 볼 수 있는데, 유럽의 내로라하는 상공업 도시에서도 18세기 이후에나 이런 경제 단체가 생겨난 것을 생각하면 마르세유의 위용을 다시 한 번 실감할 수 있다. 그만큼 일찍이 조직적인 원거리 무역과 사치품 교역이 이루어졌기에 이 항구는 늘 처음 수입, 소개되는 신기한 물건들로 넘쳐났다. 인도의 채색 면직물, 페르시아 카펫, 남미의 담배, 아랍의 향신료, 중국의 도자기를 비롯해 목화, 커피, 설탕도 다 마르세유를 통해 처음 수입되었다. 반면 밀입국자들이 늘어났고 노예와 마약, 무기 등의 불법 거래가 활발해져서 거대 암시장이 형성되기도 했다. 뱃사람들이 머나먼 미지의 땅에서 가져 온 것은 비단 귀한 물건만은 아니었다. 쥐와 벼룩도 함께였다. 때문에 유행의 최첨단을 맛보던 마르세유인들은 안타깝게도 전염병조차 가장 먼저 접하게 된다. 1348년의 페스트다. 인구 2만5,000명 중 1만5,000명이 사망했고 1423년에는 아라곤인들의 침략으로 도시가 황폐화되기에 이른다. 이런 파란만장한 역사 속에서 피비린내 나는 국가國歌「라마르세예즈」가 탄생되었다. "피 묻은 깃발이 올랐다. 들판에서 울리는 소리가 들리느냐, 이 잔인한 군인들의 포효가. 그들

이 바로 우리 곁에 왔다, 우리 조국, 우리 아이들의 목을 따기 위해서. 나가자 조국의 아들, 딸들아…… 시민들이여 무기를 들어라. 전투를 준비하자…… 우리의 밭고랑이 적군의 더러운 피로 넘쳐날 때까지. 죽어가는 적들이 우리의 승리와 영광을 보도록."

이런 잔인한 내용의 국가가 대통령 선거가 있을 때마다 쟁점으로 대두되는 것은 어쩌면 당연한 일이다. 비록 지금은 이 전투적인 노래가 거센 발음으로 불리는 곳이 축구장뿐이긴 하지만 말이다. 이 곡은 프랑스혁명 정부가 오스트리아에 선전 포고를 한 1792년 4월, 스트라스부르에 주둔하던 공병 대위 루제 드 릴이 군인들의 사기 진작을 위하여 하룻밤 만에 만든 것이다. 원래 제목은 '라인 군을 위한 군가'이지만 8월에 국왕이 폐위되고 결국 9월에 공화국이 선포되자 자발적으로 모인 마르세유 민병대가 튈르리 궁을 습격하기 위해 파리로 진격하며 이 행진곡을 불러 「라 마르세예즈」로 알려지게 되었다. 가끔 마르세유 항구에서 어깨동무를 한 뱃사람들이 이 곡을 목청껏 부르는 것을 볼 수 있다. 15절 중 통상 7절까지만 부르기 때문에 8절부터는 가사를 잘 몰라 다행히도 끝은 늘 흐지부지되지만 말이다.

프로방스의 가장 큰 도시이자 광활한 발자취 덕에 마치 역사의 갤러리와도 같은 마르세유건만 여행자들에게 이곳을 구석구석 다녀볼 것을 권하고 싶지는 않다. 「베티 블루」의 한 장면처럼 나지막한 색소폰 소리가 깔리는 나른한 오후 풍경은, 또 베아트리스 달처럼 비현실적인 섹시함을 지닌 여자는 이곳에 없다. 워낙 다인종이 살고 특히 아랍인들이 많아 「프

렌치 커넥션」「트랜스포터」「택시」 시리즈가 오히려 현실과 가깝다. 그러
니 싱싱한 은빛 생선들이 팔리고 수만 대의 요트들이 즐비한 옛 항구 주
변에서 아침부터 반나절을 보내면 충분하다. 30분 남짓 배를 타고 나가
알렉상드르 뒤마의 『몬테크리스토 백작』에 등장하는 샤토 디프를 돌아보
며 다정한 바닷바람을 느껴도 좋고, 마르셀 파뇰의 희곡 『카페 세자르』처
럼 가족이 운영하는 아담하고 수수한 카페에 들어가도 좋다. 그리고 흑
백 엽서 몇 장으로 곡절 많은 이 항구의 지난날을 곱씹으며 17세기에는
부르주아의 사치품이었을 아라비카 커피 한 잔을 음미해보는 것도 나쁘
지 않다.

핑 크 빛
와 인 축 제

:

엑 상 프 로 방 스

프로방스 새들에겐 '노래하다'나 '지저귀다'라는 표현은 어울리지 않는다. 이곳의 새들은 항상 수다를 떤다. 그것도 아주 호들갑스럽게. 촐랑거리는 새소리와 함께 엑상프로방스 외곽에서 세잔의 아틀리에를 둘러보고, 서둘러 그가 사랑한 카페 레 되 가르송으로 달려간다.

프랑스에도 대규모 상권이 속속 생겨나지만 동네 빵집, 동네 서점, 동네 시장, 이런 동네 카페가 사라지지 않는다는 것은 여간 다행스러운 것이 아니다. 헌책방 귀퉁이에 쭈그려 앉아 먼지를 털어가며 함께 책을 읽는 소년과 소녀라든지, 빵집 앞에서 주인보다 더 점잖게 주인을 기다리는 강아지라든지, 꽃을 파는 본업보다 체스에 더 몰두하는 노천시장 상인이라든지 하는 멋진 풍경들이 바로 이런 곳에서 비롯되기 때문이다. 모든 사람들에게 주어진 시간은 같은데, 이런 풍경 속 주인공들에게만은 마치 하루가 48시간이고 한 달이 100일쯤 되는 양 느껴진다. 세잔에게도 그러했을 것이다.

사실 오늘 이곳에 온 이유는 따로 있다. 카페와 해묵은 플라타너스들이 어우러진 미라보 거리가 7월의 마지막 일요일 딱 하루, 와인 축제의 장으로 변신하기 때문이다. 벌써부터 달콤한 로제와인의 향기가 나를 덮쳐오고 뺨이 불그레한 사람들이 한없이 무장 해제된 행복한 표정으로 오간다. 그래, 나도 머리를 비우고 저 핑크빛 물결에 동참해야겠다.

2,600여 년의 와인 역사를 가진 지역답게 프로방스의 여름과 가을에는 어디를 가나 공짜 와인을 마실 수 있을 정도로 수많은 와인 축제가 열리지만 여긴 좀 특별하다. 축제의 이름 자체가 '엑상프로방스를 중심으로 부슈뒤론과 바 지방의 포도로 만든 AOC 와인'을 일컫는 '르 코토 덱상프로방스'인 것처럼, 이곳에선 100여 가지에 달하는 프로방스의 지역 와인을 총망라하여 즐길 수 있기 때문이다. 대단한 퍼레이드나 퍼포먼스가 있는 것은 아니지만, 오직 테이스팅에만 초점을 맞춘 실속 있는 축제로 자신의 '입맛에 딱 맞는 와인'을 찾을 수 있는 절호의 기회를 제공한

다. 그런 이유로 수백 가지 와인들 사이로 "바로 이거야!"를 외치는 각종 언어의 감탄사들이 여기저기서 넘쳐난다.

먼저 42미터 너비에 440미터 길이로 쭉 뻗은 미라보 거리의 초입에서 와인글라스 하나를 산다. '프로방스의 와인'이라고 쓰인 이 잔을 손에 쥐면, 준비 끝이다. 입장료나 행사비는 없다. 이제 운명처럼 만나 평생을 마시게 될지도 모를, 그 한 병의 와인을 찾아 헤매면 된다. 유서 깊은 대표 와인 협회 '에샹송 뒤 로이 르네'가 개최하는 이 축제에는 프로방스 전역 13개의 와인 협회, 74개의 샤토와 와인 제조가들이 직접 나와 자신의 와인에 대해 설명하고 시음 기회를 제공한다. 일련번호가 붙은 한정판 와인부터 일반 와인 두세 병을 합친 크기의 파티용 와인까지, 와인글라스를 내밀기만 하면 달콤한 와인들이 무한정으로 쏟아진다. 모든 부스에 들를 순 없으니 와인의 라벨이나 병의 디자인이 매혹적인 곳으로 주로 사람들이 모이는데, 프로방스에선 로제와인이 강세인 만큼 지역 콩쿠르의 수상 경력이 있는 로제와인 위주로 시음한다면 조금 더 빨리 "유레카!"를 외칠 수 있다.

나는 샤토 드 보프레 부스에서 서너 가지 와인들을 시음하며 매력적인 남자의 설명을 듣는다. 2009년 로제와인과 2007년 레드와인을 번갈아 맛보니 포도 품종이며 테루아는 어느새 안드로메다로 떠나고 내 머릿속에는 '백설 왕자가 있다면 이런 얼굴일까?' 하는 생각이 든다. 앗, 취했다! 이럴 때는, 망설이지 말고 고릿한 향을 따라가면 된다. 바로 이 와인들과 최상의 마리아주를 자랑하는 프로방스산 치즈와 햄 들이 가득한

부스다. 이곳에는 안주로 좋은 절임 올리브나 마늘뿐 아니라 싱싱한 제 철과일들까지 있어 알코올 분해로 고군분투하는 사람들을 응원한다.

　길게 뻗은 미라보 거리의 끝에 다다르면 따가운 햇볕에, 즐거운 분위 기에, 달콤한 와인에…… 그 어렵던 와인 이름도 프랑스 본토 발음으로 술술 나오고 동행한 지인도 갑자기 예뻐 보인다. 그야말로 세상이 다 장 밋빛인 라 비앙 로즈. 이때 과감히 테이스팅을 끝내야 한다. 지나친 욕심 이 한순간, 세상을 격하게 아름다운 곳으로 바꿔놓을 수 있으니 '음주'가 아니라 '시음'이라는 것을 잊지 말길! 참, 이런 날에는 마르셰가 문을 닫 기 전에 싱싱하고 큰 토마토를 사두어야 한다. 프로방스의 여름은 밤 10 시가 되어서야 해가 떨어질 정도로 낮이 길고 고온 건조해서 7,8월에는 간단한 야외 활동으로도 화상을 입는 경우가 많다. 반으로 자른 토마토 를 발갛게 부어오른 피부에 문지르는 것은 일종의 프로방스식 민간요법 인데, 그 효과가 신기하리만큼 좋다.

노스트라다무스와
세 기 의   예 언

:

살 롱   드   프 로 방 스

'미래를 비추는 거울'이라고 불리는 살롱 드 프로방스에 도착하면 누구나
놀라게 된다. 16세기의 모습을 소름끼칠 정도로 그대로 간직하고 있기
때문이다. 포위한 듯 도시를 에두르는 견고한 성곽과 그 안에 좁다란 골
목을 따라 이어진 테라코타 색 지붕들. 건조한 바람만이 지나다니는 이
요새를 일정한 간격으로 깨우는 것은 우뚝 솟은 성당의 종탑뿐이다.

거대한 돌담 안에 마치 시간이 고여 있는 듯 중세의 신비스러운 공기마저 그대로인 것은 마을 중심에 보존되어 있는 저명한 예언자 노스트라다무스의 집 덕분일 것이다. 16세기 유럽에서 미래 예언은 불길한 암흑술이라 하여 종교재판소에서 화형으로 다스리는 중형이었음에도 그는 죽기 전 3년 동안 이곳에서 하루도 쉬지 않고 예언록을 작성했다. 바로 지난 450년 동안 가장 극적이고 충격적인 역사적 사건들의 예언이 총망라된 『제세기』다. 3분의 1이 해독되지 못한 채 아직도 미스터리로 남아 있다는 것이 더 충격적이지만 말이다. 이 집에선 절심하게 미래를 적어 내려가고 있는 노스트라다무스의 밀랍 인형을 만날 수 있는데, 그 신비의 아우라 때문인지 차마 눈을 맞추지는 못하고 고대 프랑스어, 프로방스어, 라틴어, 히브리어 등이 뒤섞여 도무지 알아볼 수 없는 그의 노트만을 들여다보게 된다.

인류의 역사에는 고대 마야인과 이집트인의 예언서, 중국의 주역 등 수많은 예언서와 예언가들이 존재했는데 유독 16세기 프로방스에서 평화롭게 살았던 노스트라다무스가 이토록 열렬히 회자되는 이유는 무엇일까? 이 예언가를 유명하게 만든 것은 다름 아닌 시대 상황이었다. 르네상스 시대엔 두려움과 혼란스러운 믿음의 정서가 뒤섞여 있었다. 질병과 기근, 죽음과 전쟁이 유럽을 휩쓸고 있었고 이런 불가항력의 두려움을 떨치기 위해 사람들은 믿음을 가져야만 했다. 그것은 왕가도 예외는 아니어서 노스트라다무스는 귀족 사회에 쉽게 편입되었고 곧 자신을 전 세계에 널리 알린 사람을 만나게 된다. 바로 카트린 드 메디치다.

1533년 마르세유에서 프랑스 왕자와 결혼식을 올린 그녀는 곧 황태자비가 되지만 프랑스의 여론은 적대적이었고 남편 앙리 2세 또한 평생 디안 드 푸아티에라는 스무 살 연상의 애첩을 곁에 두었다. 때문에 무늬만 왕비인 그녀는 평생을 질투 속에 괴로워했고 그럴수록 노스트라다무스를 자주 궁으로 불러들였다. 결정적으로 이 예언자가 남편 앙리의 사망을 정확히 예언한 사건으로 말미암아 더욱더 그에게 의지하게 된다. 특히 카트린은 남편의 사망 직후 친히 노스트라다무스를 초대하여 '여왕 마고'로 더 잘 알려진 막내딸을 비롯하여 살아 있는 일곱 아이의 미래를 점치게 했다. 이 선견자는 열네 살에 왕위에 오른 프랑수아 2세가 1년 6개월 만에 요절하며 그 후 불과 열 살의 어린 나이로 샤를 9세가 즉위해 신성로마제국 황제인 막시밀리안 2세의 딸과 결혼하지만 후사 없이 스물 세 살에 사망할 것이라고 예언한다. 불행히도 카트린은 이 잔인한 점괘가 차례로 현실화되는 것을 지켜보며 결국 발루아 왕조의 몰락까지 목격하는데, 막내아들인 앙리 3세마저도 노스트라다무스의 예언대로 그녀의 사후 8개월 만에 암살당한다.

1994년 이탈리아 국립도서관에서 수세기간 묻혀 있던 노스트라다무스의 책 한 권이 발견되었다. 노스트라다무스 전문가들에 따르면 이 책 속의 그림 일곱 점이 지구의 종말을 예언하고 있으며 현대인들에게 경각심을 주기 위해 책이 시기를 골라 스스로 모습을 드러냈다고 한다. 그 멸망의 시기가 바로 '지금'이기 때문이다.

노을이 깊어져 그림자조차 괴기스럽게 늘어지는 저녁, 예언자의 시신

CHATEAU DE L'EMPERI

Résidence des archevêques d'Arles
du Xème au XVIIIème Siècle.

Doit son nom à l'Empire
romain-germanique.

Aujourd'hui musée national
d'histoire militaire française.

DANS CETTE MAISON
VÉCVT ET MOVRVT
MICHEL NOSTRADAMVS
ASTROPHILE
MÉDECIN ORDINAIRE DV ROI
AVTEVR DES "ALMANACHS" ET
DES IMMORTELLES "CENTVRIES"
MDIII   MDLXVI

이 안치되어 있는 생로랑 교회에 들른다. 그는 프랑스혁명 직전 자신의 묘가 이곳으로 이장될 것까지 예언했다고 하니 다시금 그의 지구 멸망설에 무게가 실리며 온몸에 소름이 돋는다. 그는 정말 미래를 본 것일까? 성스러운 고요함 속에 내가 할 수 있는 것이라곤 이 짧은 기도뿐이다.

"오래 살게 해주세요."

반 고흐에게
한잔의 축배를

:

아 를

더운 바람을 맞으며 론 강을 따라 '사진과의 만남' 속으로 들어간다. 하나의 거대한 갤러리로 변신한 고대 도시 아를이다. 피카소의 전속 사진작가로 더 유명한 뤼시앵 클레르그가 조직한 이 사진전에서는 7월 개막과 동시에 일주일간 학술대회와 이벤트, 워크숍 등이 진행되고 그 후 두달여 동안 시내 60여 곳에서 다양한 사진 전시회가 이어진다. 일반인은

물론 3,000여 명의 사진작가와 1,000명이 넘는 저널리스트와 에이전트, 컬렉터들이 몰려들기에 이곳을 찾으려면 7월보다도 적당히 한산한 8월 말이나 9월이 적기이다. 론의 강둑에 주차를 하고 가장 먼저 할 일은 안내센터에서 지도를 한 장 얻는 것이다. 전시장과 작가의 정보, 입장료와 개폐 시간까지 모든 것이 일목요연하게 정리된 지도를 보며 관심 있는 전시회와 작가를 표시하고 동선을 체크하며 한나절의 루트를 짜는 재미가 쏠쏠하다. 그러곤 마르셰에 들러 소고기, 돼지고기에 특별히 당나귀 고기를 첨가하여 오묘한 맛이 나는 아를 소시지와 무화과 한 봉지를 사면 준비 끝이다. 단 무화과는 예쁜 연보랏빛보다는 거무스름한 진보라색을 골라야 맛있다.

사진전 기간에는 시청, 호텔, 박물관, 도서관, 성당과 공장, 그리고 유서 깊은 고대와 중세 유적지까지 모두 갤러리로 변신한다. 특히 5세기에 만들어져 11세기와 16세기, 또 19세기에 보수되고 확장되기를 반복하며 다채로운 양식이 결합된 생트로핌 성당도 이 기간만큼은 전시장을 자처한다. 이 축제는 꿈나무들의 작품 전시가 기성 작가들 못지않게 대규모로 열리는 것인 인상적인데, 무료 입장인데다가 자리마저 시내 정중앙을 내어줘서 누구나 오가면서 쉽게 들를 수 있도록 배려했다. 새싹들의 설익은 작품을 귀하게 대접하는 주최 측의 착한 의지가 맘에 들어 나도 애정을 가지고 기웃거려본다.

아를 한복판을 지나다보면 자꾸 누군가를 불러 세워 사진을 부탁하게 된다. 이토록 매력적인 축제의 현장에 내가 있었음을 생생한 한 장의 사진으로 남기고 싶은 이유에서다. 그리고 사진기를 다시 받아들고 화면을 체크해보면 '저사람, 작가인가?' 할 만큼 뜻하지 않게 멋들어진 작품을 선물받는 경우가 많다.

미리 준비해둔 도시락을 꺼내 136미터의 높이에 109미터의 너비, 120개의 아치, 경기장 내 옥외 관람석까지 갖춰진 아를 원형경기장 계단에 앉는다. 타원형 경기장을 빙 둘러 테라스가 설치되어 있으며 2만 명의 관중이 쉽고 빠르게 출입하도록 수십 개의 복도와 계단까지 완벽히 갖춘 이 복합 문화공간은 놀랍게도 서기 90년에 세워졌다. 로마제국의 열한 번째 황제 도미티아누스는 채찍과 칼을 들고 공포정치를 행하는 대신 원형경기장에 주민들을 모아 검투사가 등장하는 놀라운 혈투를 보여주었다. 말로만 듣던 포퓰리즘이다. 그것도 극적인 한 방을 연출하기 위해 둘 중 하나가 죽어야만 경기가 끝나는 독한 경기 방식을 적용했다. 죽으라고 싸워 기어이 살아남는 극강의 검투사가 등장해도 종국에 곰이나 사자, 호랑이 등 야수들과 맞붙어 선혈이 낭자하는 비극적 최후를 맞이했다. 그런가 하면 투구를 쓴 무사들이 긴 창을 들고 말 위에서 대결을 펼치는 마상시합이나 당시에는 최첨단의 과학 기술을 총 망라한 마차 경주도 개최했다. 영화 「벤허」의 한 장면을 떠올리며 웅장한 역사 앞에서 소소한 피크닉을 마치고 나니 이제 반 고흐를 만날 시간이다.

보색들이 충돌은커녕 조화를 이루는 약 300여 점의 명작을 반 고흐에게 선사한 아를이지만 현재 이곳에는 단 한 점의 진품도 남아 있지 않다. 그럼에도 불구하고 론 강을 따라 긴 행렬을 만드는 반 고흐의 추종

자들을 보면 그의 삶이 이곳에서만은 진행형이라는 것을 알 수 있다. 나도 반 고흐 순례자들의 틈에 섞여 오후의 '밤의 카페'로 들어간다. 반 고흐의 표현을 빌려 '찬란한 유황색'이라 해야 옳은 이 장소에선 왠지 커피나 와인이 아니라 반 고흐의 술로 잘 알려진 압생트 한 잔을 마셔야 할 것만 같다.

신비한 에메랄드 빛을 띠며 '미치광이 술'이라 불리는 이 증류주는 도수가 40~70도에 이르고 한때 중독과 환각 증세를 일으킨다고 하여 판매가 금지가 되었을 만큼 독주이기에 강한 맛을 희석시키기 위한 사전 준비가 필요하다. 예쁘게 조각된 은수저와 각설탕, 찬물이 가득 든 작은 유리병이 함께 나오는 것은 바로 그 때문이다. 일단 은수저 '압생트 숟가락'을 잔에 걸치고 그 위에 각설탕을 올린다. 그리고 조금씩 압생트를 흘려 넣은 후 그 위로 차가운 물을 서서히 부으면 투명한 초록색은 서서히 불투명한 레몬색을 띠게 된다. 자, 이제 심호흡을 크게 하고 이 악마의 술을 마시면 된다. 유려한 노란빛에 압도당한 반 고흐 신봉자들이 카페 여기저기에서 이 지옥의 술을 제조하는 모습이 마치 신성한 종교의식을 행하는 듯 느껴진다.

나도 곧 이 술의 원료인 묵직한 아니스 향을 느끼며 런던 크리스티 옥션 못지않게 시대별로 잘 정렬된 반 고흐의 그림엽서를 몇 장 골라본다. 동전 몇 개만으로 최고가의 기록을 갈아치우고 있는 이 명작들을 욕심껏 사서 소장하니 뿌듯하긴 하지만 초췌한 자화상들이 자꾸 눈에 밟히는 것은 어쩔 수 없다. 이 독한 '초록 요정'이 반 고흐에게 준 것은 망각의 기쁨만이 아니었나 보다. 현실을 잔인하리만치 또렷이 대면한 자화상을 보면 말이다. 그는 절대 고독 속에서 기댈 누군가를 찾지 못해 이렇게 스스로에게 기대는 법을 터득했던 것이리라. 몽롱한 시간 속에 반 고흐의 작품을 바라보면 그가 얼마나 캔버스에 집착했는지, 얼마나 몰입해 무아지경에서 그림을 그렸는지 단번에 알게 된다. 이것은 이미 '열정'의 단계를 뛰어 넘어버린 것이다. 이런 격렬한 붓질에 광기의 색채까지 더해져 보는 사람들로 하여금 더욱더 그를 정신 질환자로 믿게 한 것은 아닐까. 독주가 진가를 발휘할수록 술잔 옆에 펼쳐진 고액의 명작들이 상반된 두 얼굴로 떠오른다. 마치 한 장의 그림인데, 어떻게 보면 추한 노파가 보이기도 하고, 어떻게 보면 젊고 아리따운 여인이 보이기도 하는 게슈탈트 심리학의 단골 그림들처럼 말이다. 나른함 끝에 느껴지는 일촉즉발의 위태로움. 반 고흐의 전원에 잠복해 있던 불안감이 끝내 엄습하고, 애잔하고 애절하다 끝내 처절해지고 만다.

　나비의 날개에는 기왓장 모양으로 질서 정연하게 비늘이 꽂혀 있다고 한다. 이 비늘은 각도에 따라 다른 무늬를 보여주기도 하고 태양에 반사되어 형용할 수 없이 영롱한 무지갯빛 색깔을 띠기도 한다. 그러나 이토록 아리따운 나비에겐 치명적인 결함이 있으니 세상을 마음껏 훨훨 날기에는 너무나 예민하고 연약하다는 것이다. 반 고흐는 그런 사람이 아니었을까.

빛과　소리의
축　　　제

:

레 보　드　프 로 방 스

비현실적으로 느껴지는 나른한 풍경을 따라 알피유 산맥을 파고들어 심
장부인 레보 드 프로방스에 들어서면 별안간 '지옥의 계곡' 발 덩페와 맞
닥뜨리게 된다. 대자연은 갑자기 돌변하여 험악한 돌산 사이로 저승사자
처럼 매서운 칼바람을 내뿜고 그제야 왜 시대를 막론하고 이곳이 프로방
스인들의 삶과 동떨어져 있었는지를 알게 된다. 그러나 아이러니하게도

이승과 단절된 듯한 고요함과 압도적인 파노라마 덕분에 이곳은 수 세
기 동안 예술가들의 비밀스럽고도 은밀한 아지트로 사랑받았다. 이 악명
높은 계곡 또한 예술가들에게게만은 곁을 내주어 프레데리크 미스트랄에
게 서사시 『미레유』를 선사했다. 특히 단테는 이 신묘한 골짜기에서 안내
자 베르길리우스에게 이끌려 지옥과 연옥을 거쳐 천국을 여행했다. 그리
고 『신곡』을 완성했다. 이 고적한 계곡은 여행자이자 시인인 단테에게 무
한한 영감을 불러일으키는 천국이었으며 현실과 무의식의 비밀스런 연결
통로였던 것이다.

예술가들만이 출입하던 이 저승의 골짜기에 사람의 손이 닿기 시작한
것은 19세기 초, 흰 석회석이 채굴되면서부터다. 비록 100년 남짓 사용
되곤 1935년 폐쇄되었지만 지옥 한복판에 버려진 빈 채석장은 한층 더
오묘한 신비로움을 내뿜으며 예술가들을 유혹했다. 장 콕토 또한 그 미
스터리함에 매혹되어 1959년 자신의 마지막 영화 「오르페」를 이곳에서
촬영했다.

여기가 바로 오늘의 목적지, '빛의 채석장'이란 뜻의 카리에르 드 뤼미
에르다. 신오한 자연의 심장부에 인간이 만든 거대 동굴. 그 앞에서 크
게 심호흡을 한다. 그리고 으스스한 한기가 새어나오는 어둠 속으로 드
디어 한 발을 내딛는다. 이때 생각지도 못했던 반전이 펼쳐진다. 이 채석
장은 1975년 "동굴 안에 최첨단 테크놀로지의 힘을 빌려 오디오와 비주
얼이 결합된 쇼를 만들면 좋겠다"라는 파리의 한 신문 편집장 알베르 플
레시의 발상으로 개조가 시작되었다. 그리고 무대 설치가 조제프 스보보

다가 70개의 비디오 프로젝터와 3D 오디오 시스템을 도입한 22개의 스피커로 이 상상초월 아이디어를 현실화했다. 벽면과 천장, 바닥까지 화려한 명작들이 수놓이는 '빛과 소리의 이미지 축제'다. 채석장 안에선 '고갱, 반 고흐, 그들의 색채'라는 제목으로 동시대를 산 두 예술가의 삶과 애증 그리고 너무도 상반된 그들의 색채가 선명한 고화질의 비디오 프로젝터로 펼쳐진다. 3,000점이 넘는 두 거장의 명작들이 완벽한 어둠 속에서 스펙터클하게 사방에 떠오르는데 아를 시절의 명작이 순란한 유황색으로 사방을 가득 메우는가 하면 에덴동산과 같은 고갱의 타이티 섬이 경이롭게 펼쳐지고, 찬 석회석이 반 고흐의 필체들로 따스해지기도 한다. 동시에 나는 이 폐쇄된 천국에서 치마 한 자락을 반 고흐의 아이리스로 물들이기도 하고, 얼음처럼 빛나는 론 강에 발목을 적시기도 하며 몸을 배배 꼬는 사이프러스를 지나 고불고불 소용돌이치는 바람에 머릿결을 맡기기도 한다. 그리고 호기심어린 눈으로 나를 바라보는 타이티 여인들을 좇다 보면 보면 어느새 원시의 공간에서 황홀을 경험하게 된다.

　단테처럼 천국을 맛본 후 넋을 놓은 채 채석장을 빠져나오면 영감의 무게가 온몸을 짓누른다. 그럼에도 현실로 돌아온 것을 실감케 하는 것은 원초적으로 작동하는 배꼽시계다. 발 덩페의 못된 바람에 등이 떠밀려 5분 정도 걸어 작아도 너무 작은 레보 드 프로방스의 시내로 들어가니 생각지도 않았던 프로방스 별미들이 날 기다린다. 프로방스의 북단 시스테롱산 양고기와 산악 지역에서만 맛볼 수 있는 멧돼지, 지빠귀, 산토끼, 꿩 요리들이 메뉴를 장식하고 있는 것이다. 나는 노곤한 햇볕 아래

양 넓적다리 구이와 돌산에서 자란 채소로 만든 샐러드, 투박한 맛이 나
는 이름 모를 싸구려 와인을 들이켜 입안 가득 알피유 산맥의 거친 스펙
트럼을 맛본다.

레보 드 프로방스는 '마을'이라고 표현하기도 어려운 작은 돌산 위의
부락이지만 아름다움만큼은 어느 도시에 뒤지지 않을 만큼 어여쁜 것도
사실이다. 깎아지른 절경을 감상하며 배를 채우니, 날짜만 찍혀 있어 몇
번을 입장해도 좋은 카리에르 드 뤼미에르의 티켓이 아까워진다. 다시
채석장으로 발길을 돌린다.

미 스 트 랄 의
사 라 진 언 어

:

마 이 얀

늦잠을 자고 싶었지만 프로방스의 여름 햇살은 얇디얇은 실크 커튼 정도
는 우습게 비집고 들어온다. 창문을 활짝 열어보니 벌써부터 뜨거운 바
람이 불어오고 테라스에 널어놓았던 손수건은 바짝 말라 햇볕 냄새가
난다. 가느다란 실눈으로 하늘을 보니 옅은 구름 한 점 없이 눈길이 닿
는 데까지 온통 파랗다. 이곳은 하룻밤에 100유로 남짓하는 시골 샹브

르 도트. 방은 다섯 개뿐이지만 아담한 정원에는 수수한 아침상이 차려져 있고 주변은 포도밭으로 둘러싸여 평화롭고 안온하다. 나는 늘 하던 대로, 바게트 한 조각으로 사막 꿩의 아침을 차려준다. 비둘기보다 조금 더 옅은 회색에, 조금 더 날씬하며 목에 검은 띠까지 둘러 단아해 보이는 이 새들은 금세 금빛으로 토스트가 된 빵을 물어가며 자잘한 부스러기들을 남긴다. 그리고 이것은 다시 수많은 참새들의 아침상이 된다.

가끔씩 때로 아우성인 매미 소리에 아찔한 현기증이 느껴지는 것 말고는 고요하기 그지없는 단출한 마을 마이얀에서 하룻밤을 묵은 이유는 뼛속 깊이 프로방스 토박이인 미스트랄을 만나기 위함이다. 미스트랄이 태어나고 잠든 이 부슈뒤론과 보클뤼즈의 경계 지역은 풍요로움 그 자체다. 뒤랑스 계곡과 론 강을 지척에 둔 샤토르나르, 카바용, 메랭돌, 로리, 카르팡트라 등은 이미 16세기부터 유럽에서 가장 큰 과일과 채소의 생산지로 이름을 날렸을 정도이다. 때문에 아침을 먹고는 한걸음에 마르셰로 달려간다. "삶의 권태를 느낄 땐 시장에 가라"라는 누군가의 말처럼, 이미 시장에는 새콤달콤한 과일 향기와 풋풋한 풀 냄새에 유혹당한 사람들이 넉넉한 대자연을 사고팔며 싱싱한 아침을 선사한다. 그러나 일회용 비닐봉지의 가벼움을 참을 수 없다는 듯 나무로 짠 바구니를 옆에 끼고 장을 보는 프로방스인들의 얼굴만은 제법 심각하다. 채소와 과일을 먼저 눈으로 요리조리 살피고, 손가락으로 콕콕 찔러도 보고 코에 대어 냄새를 확인하기도 하는데, 그렇다고 쉽게 값을 치르는 것도 아니다. 마치 협동조합에서 검품하러 나온 검사원처럼 한없이 의심스런 눈빛으로 같

은 행동을 무한 반복한다. 알밤이 아무리 산더미처럼 쌓여 있어도 이들은 본능처럼 그중에서 제일 실하고 예쁜 밤을 능히 찾아낼 수 있기에 바구니 안은 가히 마르셰의 하이라이트다. 아이러니하게도 이들의 진지한 표정들이 오히려 유머러스한 대기를 만들어내 내 발걸음을 유쾌하게 재촉한다. 달콤한 향기 때문에 자꾸 침이 고이려는 찰라 다행히 나도 시식용 과일들을 발견하고 드디어 한 조각의 멜론을 맛본다. 카바용 멜론은 교황과 왕에게 진상되던 특산물로 미식가로 잘 알려진 알렉상드르 뒤마 또한 매년 책 인세를 이 멜론 10개로 대신 받았다고 하는데, 과연 말로는 표현할 수 없는 오묘한 맛과 향을 풍긴다.

이 지역은 타임, 로즈메리, 사보리, 바질 등의 허브는 물론 라벤더, 해바라기, 장미 등 꽃잎까지 사용하는 자연주의 음식으로 정평이 나 있고 프랑스 전역을 통틀어 가장 많은 미슐랭 스타를 보유하고 있다. 그렇기에 점심시간에는 번뜩이는 매의 눈으로 레스토랑에 걸린 메뉴판을 잡아먹을 듯 훑어보게 된다. 그렇지만 사실 마르셰 근처의 어느 소박한 식당에서 요리를 맛보더라도 흐뭇하게 고개를 끄덕이며 손끝에 입을 맞추게 된다. 갑자기 이 지방 사람들이 부러워진다. 예로부터 왕과 교황에게만 허락되었던 그 모든 것들을 당연한 듯 누리고 살고 있으니까. 참, 한 사람만은 예외다. 대문호 프레데리크 미스트랄, 그는 프로방스에게 받은 만큼 돌려준 단 한 명의 인간일 것이다. 19세기를 살던 그는 아름다운 고향의 언어 프로방스어의 비참한 최후를 보다 못해 일곱 명의 프로방스 시인들과 함께 1854년 문학 부흥단체 펠리브리주를 만든다. 그리

고 심폐소생술을 시도하듯 프로방스어의 부활에 힘썼다. 고향의 언어로 쓴 대표작 『미레유』도 이때 탄생하는데, 「아베마리아」로 유명한 샤를 구노도 이 대서사시에 마음을 빼앗겨 동명 오페라를 작곡했다. 1863년에 발표했지만 요즘도 프랑스의 음악 축제에서 흔히 들을 수 있을 정도로 인기가 있다.

사멸의 비탈길에서 프로방스어를 끝내 수호하지는 못했지만 이 고매한 언어로 쓰인 대서사시는 1904년 노벨문학상을 받게 되는데, 미스트랄은 상금마저 프로방스 문화를 집대성한 아를라탕 박물관을 세우는 데 사용했다. 아를 한복판에 위치한 이곳을 방문하면 소박한 프로방스 여인들이 해바라기 문양이 들어간 광목 앞치마를 두르고 넉넉하게 손님들을 맞이한다. 나를 잡아 세워 긴 머리를 돌돌 말아 뒤로 올리는 프로방스의 헤어스타일을 순식간에 완성시키기도 하고, 끝자락에 매미와 월계수가 자잘하게 수놓인 두건을 씌워주기도 한다. 잠시 프로방스의 아낙네가 되어 복식과 장신구, 농기구에 이르기까지 프로방스의 생활과 문화 전반을 체험할 수 있는 이 공간을 둘러보다 보면 왠지 심술이 난다. 사실 미스트랄은 호세 에체가라이라는 스페인 작가와 공동 수상을 하며 상금을 반반씩 나눠 받았는데, 그가 단독 수상을 했더라면 지금보다는 조금 더 큰 박물관을 볼 수 있었을 텐데 하는 욕심 때문이다.

현재도 프로방스 곳곳에 미스트랄의 이름을 딴 학교, 거리, 광장, 공원, 도서관 등이 수없이 존재하는 것은 말할 것도 없고, 그가 졸업한 아비뇽 왕립대학은 아예 프레데리크 미스트랄 대학으로 이름을 바꾸었다.

로제와인 타벨은 루이 14세와 발자크를 제치고 유독 미스트랄의 술로 기억된다. 뿐만 아니라 매년 5월이 되면 프로방스의 정원은 한없이 수줍고 연약한 분홍빛 장미 '미스트랄'로 가득 찬다. 가냘픈 기려함과는 달리 거친 햇볕과 사나운 편서풍에도 잘 견디며 무엇보다 그 향기가 근처를 지나가기만 해도 묻어날 정도로 강한 꽃. 오늘도 바람결에 미스트랄의 향기가 느껴진다.

어디서 잘까?

1. 호텔

인터넷 예약을 통해 합리적인 가격에 좀 더 만족스러운 조건을 고를 수 있는 장점이 있지만 프로방스는 지역의 특성상 성수기와 비수기의 요금 차이가 많고, 1~4월은 아예 문을 닫는 호텔들이 많으니 주의해야 한다. 세계적인 체인 호텔은 일정한 기준이 있어 안전하지만 개성이 없다. 일명 부티크 호텔이라 불리는 개인 호텔들은 프로방스 스타일로 독특한 인테리어를 뽐내는 곳이 많으니 고려해볼 만하다. 짧은 일정에 시내 위주로 관광을 하는 여행자들에게 적합하다.

2. 샤토

프로방스에서 가장 럭셔리한 숙박 형태로 와이너리, 과수원, 계곡, 호수 등 넓은 부지에 자리하고 있으며 주로 도심에서 벗어난 외곽에 위치해 있다. 보통 12세기부터 19세기의 샤토들로 고유의 역사와 분위기를 간직하고 있는데다 최고급 서비스까지 더해져 비싸지만 만족스럽다. 대부분의 샤토에서는 자체 레스토랑을 운영하고 스타 셰프들이 만든 정찬 메뉴를 가지고 있는 곳도 많아 미슐랭 별도 쉽게 볼 수 있다. 또한 승마, 골프, 수영, 뱃놀이는 물론이고 프로방스 요리 강습, 와인 클래스, 허브 클래스, 음악회나 미술 전시회 등 샤토 안에서 자체적인 프로그램들을 운영하기도 해서 여유 있는 여행자들이 프로방스의 분위기에 흠뻑 젖어들기에 안성맞춤이다. 보통 15일~한 달 등 장기 숙박 시에만 약간의 할인을 받을 수 있고 www.relaischateaux.com으로 검색하면 좀 더 빠르고 정확한 정보를 얻을 수 있다.

3. 샹부르 도트
침대와 아침식사를 제공하는 형태인 B&B나 민박과 같은 숙박 형태라고 보면 된다. 보통 규모가 약간 큰 프로방스 전통 농가나 가옥을 개조하여 만들어졌으며 주로 방은 5개 남짓이다. 외곽에 위치하여 전원을 느낄 수 있고 직원이 아닌 주인과 직접 소통하는 만큼 안락하고 정겨운 분위기가 장점이다.

4. 지트
콘도 개념으로 시작되었으나 현재는 규모가 큰 샹부르 도트와 도심의 작은 호텔들까지 아우르고 있다. 주로 취사가 가능한 저렴한 숙박 형태로 일주일 이상 장기 투숙객들, 인원이 많은 가족 단위 관광객이 많이 찾는다. 특히 국립공원, 스키 리조트 주변에서 쉽게 볼 수 있다.
www.gites-de-france.com

03

청록의
삼나무를
따라서

타라스콩·아비뇽·일쉬르라소르그·라코스
트·루르마랭·발랑솔·무스티에 생트마리

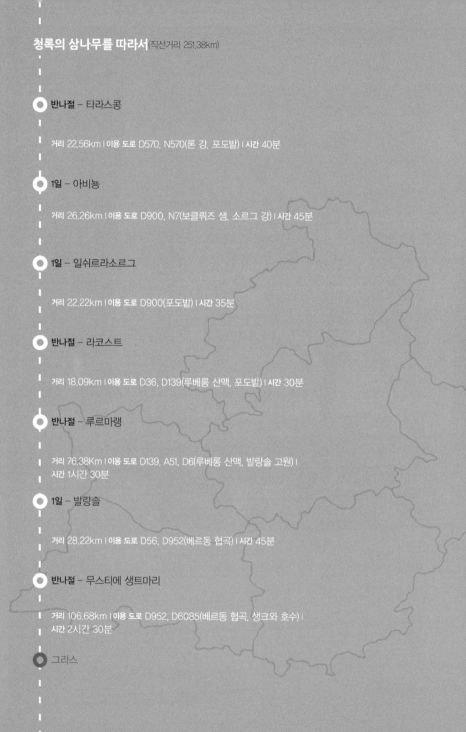

청록의 삼나무를 따라서 직선거리 251.38km

반나절 – 타라스콩

거리 22.56km | 이용 도로 D570, N570(론 강, 포도밭) | 시간 40분

1일 – 아비뇽

거리 26.26km | 이용 도로 D900, N7(보클뤼즈 샘, 소르그 강) | 시간 45분

1일 – 일쉬르라소르그

거리 22.22km | 이용 도로 D900(포도밭) | 시간 35분

반나절 – 라코스트

거리 18.09km | 이용 도로 D36, D139(루베롱 산맥, 포도밭) | 시간 30분

반나절 – 루르마랭

거리 76.38Km | 이용 도로 D139, A51, D6(루베롱 산맥, 발랑솔 고원) |
시간 1시간 30분

1일 – 발랑솔

거리 28.22km | 이용 도로 D56, D952(베르동 협곡) | 시간 45분

반나절 – 무스티에 생트마리

거리 106.68km | 이용 도로 D952, D6085(베르동 협곡, 생크와 호수) |
시간 2시간 30분

그라스

도 데 의
숨은 명작을 찾아서

:

타 라 스 콩

때는 1890년대, 타라스콩이라는 작고 평화로운 마을에 용감하고 힘이
세기로 유명한 사냥꾼 타르타랭이 살고 있었다. 그는 자신의 무용담을
늘어놓는 것을 즐겼기에 매일 밤 그의 집은 마을 사람들로 북적였다. 이
웃들은 생생한 타르타랭의 모험 이야기에 너무나 몰입한 나머지 이 명
사수가 야생의 맹수와 맞닥뜨리는 하이라이트 장면에선 손에 땀을 쥐는

정도가 아니라 입을 막고 외마디 비명을 지르거나 몇몇은 아예 실신하는 지경에까지 이르렀다. 그러나 타르타랭이 상상 속 맹수를 단숨에 제압하고 나면 사람들은 곧 안도의 한숨을 내쉬며 박수를 치고 그를 추켜세웠다. 그는 이 평화로운 마을에서 명실 공히 최고의 영웅이었다. 그러나 이 산촌은 평생 아무 일도 일어나지 않는 다붓한 곳이었기에 어느 때부턴가 사람들은 이 위인을 의심쩍어 하기 시작한다. 사실 타르타랭은 작디작은 이 고향 마을을 한 번도 벗어나본 적이 없었고 그의 모험담은 모두 책에서 영감을 받은 것으로 실제로 그가 사냥해본 것이라곤 모자밖에 없었다. 가끔 공중으로 자신의 모자를 날려 총을 쏜 것이다.

아우성치며 내리쬐는 여름 햇볕 아래 '심하게' 온화한 타라스콩에 들어서면 지나가는 흰 고양이 한 마리, 더운 바람에 흔들리는 탐스런 월계수 꽃잎 하나, 마을을 휘감은 푸르디푸른 론 강의 물줄기까지 모든 것이 슬로모션이다. 덩달아 나도 더딘 발걸음으로 느릿느릿 주변을 둘러보면 상앗빛 성곽 안에 모든 것은 타르타랭의 시절에 멈춰져 있고 그저 무심히 주차되어 있는 몇 대의 자동차만이 지금이 21세기라는 것을 증명해 보인다. 이 기분 좋은 나른함은 세상 어디에도 미움과 의심, 갈등과 분쟁, 범죄와 전쟁 따위는 없다는 듯 일순간에 나를 무장 해제시킨다. 정오의 열기를 피해 들어간 소박한 바에서는 얼음을 가득 채운 로제와인 한 잔으로 자연스레 사람들과 섞일 수 있다. 그리고 돌돌 말려 끝이 하늘을 향한 콧수염을 만지작거리며 불뚝 배를 부여잡고 호탕하게 웃는 수많은 타르타랭들과 이야기를 나눠본다.

프로방스의 대표 작가 알퐁스 도데 하면 단편 모음집 『풍차 방앗간 편지』 가운데 「별」의 맑간 새벽 풍경이, 또 비제가 오페라로 만들어 더 유명해진 3막의 희곡 『아를의 여인』이 떠오를 것이다. 물론 이 고전들로 인하여 프로방스가 포근한 고향의 이미지로 각인된 것은 사실이지만, 유쾌한 유머에 감동과 풍자까지 곁들여진 타르타랭의 모험 이야기 3부작이야말로 도데의 숨은 명작이다. 말 많고 허풍이 심하지만 실제로는 겁쟁이에 어수룩한 인간미가 있는 타르타랭은 프로방스인의 전형이며 도데 자신의 자화상이기도 하다. 1872년에 출판된 1부 『타라스콩의 타르타랭』은 약간은 허술하고 어딘가 부족하여 더 매력적인 타르타랭이 본의 아니게 알제리 아틀라스 산맥으로 사자 사냥을 떠나면서 시작된다. 2부에서는 알프스를 정복하고 3부에서는 신세계를 개척하기 위해 길을 떠나기도 한다. 물론 그 와중에 이 빈틈 많은 사냥꾼은 베일을 쓴 묘령의 여인에게 마음을 뺏기거나 생전 처음 타보는 배에서는 멀미만 하는 등 우리의 기대를 저버리지 않는다.

바에 모인 주민들은 마치 타르타랭이 자신의 형이나 절친한 친구쯤 되는 양 끝없이 이야기를 늘어놓는다. 마르셀 파뇰이 영화로 촬영하던 당시와 도데가 머물러간 흔적, 그리고 책 속에는 나오지 않는 타르타랭의 숨은 이야기까지…… 과장된 표정과 익살스런 몸짓이 더해진 그들의 입담이 계속될수록 '타르타랭이 혹시 실존 인물이었나?' 하는 의문까지 들 정도다. 그 소란스러움 끝에 바의 주인아저씨는 기어이 이 명작을 찾아들고 온다. 시가 향이 켜켜이 쌓인 오래된 책장을 펼치니 타르타랭은 '무적의 슈퍼 히어로'가 아닌 '프로방스에 사는 어떤 사람'으로 다시금 부활한다. 인종, 문화, 언어, 성별, 나이 그리고 세대를 초월해 행복을 주는 것이 명작이라는 걸 증명이라도 하듯이 말이다.

이렇게 평화스럽고 조용하기만 한 마을이 방투 산 너머로 검붉은 해가 지자마자 돌변한다. 갑자기 펼쳐지는 동화의 한 장면. 왕이 붉디붉은 술을 늘어뜨린 흑마로 앞장서고 그 뒤로 현란한 갑옷으로 무장한 호위무사와 한 무리의 군악대가 한참을 이어진다. 호화로운 퍼레이드와 웅장한 마상시합 후 군대가 르네의 성이라고 불리는 타라스콩 성에 입성하면 밤하늘에 형형색색의 폭죽까지 떠오른다. 복식, 음악, 춤, 음식, 무기, 놀이 등 중세의 모든 것을 체험할 수 있는 타라스콩의 중세 축제는 이렇게 르네 1세가 타라스콩 성에 당도한 1448년 8월 20일 밤 9시 15분을 기리는 야간 퍼레이드로 시작된다. 특히 행렬은 이 '지혜의 왕'이 1460년에 펴낸 『마상시합』이라는 책에 근거하여 완벽하게 재연되기에 역사의 한 페이지를 볼 수 있는 드문 기회를 선사한다.

아침이 되면 어느새 로마네스크 양식과 고딕 양식이 어우러져 개성 있는 외관을 뽐내는 생트마트 성당과 타라스콩 성 사이에 중세풍 가게들이 들어서 다양한 구경거리와 먹을거리들이 선보인다. 이 축제는 보여주기만 하는 전시용이 아니다. 타라스콩 주민들 모두가 중세로 돌아가 먹고 마시며 즐기는 진짜 잔치다. 왕족의 복식을 한 사람이든, 악기를 든 악사로 분한 사람이든 빵을 굽는 요리사든 그 귀천에 상관없이 모두 함께 어우러져 1년에 3일은 완벽하게 중세를 즐긴다. 마침 안내 센터에서

는 관광객들에게 다양한 신분의 중세 복식을 빌려준다. 나도 연청잣빛 치마와 흰 광목 두건을 두르고 순식간에 타라스콩의 백성으로 변신해본다. 사실 아리따운 왕비나 공주 의상이 탐나는 게 사실이지만 골목골목을 부담 없이 휘젓고 다니며 대장간을 기웃거리고, 개를 이용한 전통 사냥을 체험하고, 작은 목검과 가죽 방패를 들고 마상시합에 참여하고 또 활시위라도 한번 제대로 당겨보려면 금박으로 수놓인 실크 드레스는 아무래도 부담스럽다. 게다가 전통 방식으로 화덕에서 구워 내는 빵도 맛보고 또 참나무 장작 바비큐로 한상 차려진 중세 식탁에 끼어 앉으려면 활동적인 의상이 딱이다. 양치기들의 작은 플롯 파이프, 동물의 뿔로 만든 전통 나팔 호른, 중세의 트럼펫, 소가죽으로 만든 기타와 탬버린 등 중세 악기들은 마을 곳곳에서 유려한 선율을 뽐내고 기품이 있으면서도 흥이 넘치는 전통 춤과 어우러지며 온전히 역사 속 하루를 살게 한다. 나는 틈틈이 꿀과 우유에 견과를 넣은 부드러운 누가와 으깬 아몬드에 설탕을 입힌 엑상프로방스의 전통 간식 칼리송을 주전부리 삼아 혀끝으로 중세를 맛보기도 한다.

살다 보면 나 자신이 지겨울 때가 있다. 그리고 가끔은 인생의 궤도에서 이탈하는 짜릿함을 맛보고 싶어진다. 이 천금 같은 기회에 작은 눈과 조금은 낮은 코에 동그란 얼굴을 가진 나도 오늘 만큼은 중세 속으로 들어가 르네 1세의 백성이 되어본다.

연극제를 품은
교 황 청

:

아비뇽

절대 권력자 교황은 시대를 막론하고 황제 위에 군림하는 신의 대리자였다. 그러나 1285년 왕좌에 오른 프랑스 국왕 필리프 4세는 교회의 막대한 재산에 과세하기 위해 교황 보니파키우스 8세를 납치, 투옥하는 '아나니 사건'을 벌인다. 그리고 교황이 사망하자 즉시 새 교황을 아비뇽으로 추방시키고 교황권을 프랑스의 지배하에 두게 된다. 이것이 아비뇽

유수<ruby>幽囚</ruby>다.

유배를 간 것과 다를 바 없건만 4대 교황인 클레멘스 6세는 프로방스 백작에게 아비뇽을 사들여 베네딕투스가 만든 옛 궁전의 남쪽에 호화롭기 이를 데 없는 증축을 시작했다. 활활 타오르는 불꽃 모양의 지붕을 얹은 플랑부아양 양식의 신 궁전이었다. 공사가 끝나갈 무렵 프랑스는 아직도 영국과 백년전쟁 중이었고 설상가상 흑사병으로 인구의 4분의 1이 사망했지만 교황은 이제 화려한 인테리어를 위해 마르티니, 조바네티 등 이탈리아 화장들을 대거 아비뇽으로 불러들였다. 그 결과 이 도시는 일약 예술의 중심지로 급부상했다. 현재도 프티팔레 미술관, 칼베 미술관, 피에르 드 뤽상부르 미술관, 알글라동 미술관, 라피데르 미술관, 랑베르 컬렉션 등에 이탈리아 대가들의 희귀 컬렉션이 다수 보관되어 있는 것은 그런 이유에서다. 아비뇽 시절 약 70년 동안 일곱 번이나 교황이 바뀌었지만 이들은 하나같이 잿밥에 관심이 더 많았다. 특히 입맛이 고급이었던 이 성직자들은 교황청 안뜰에 포도밭을 만든 것으로도 모자라 옆 마을 샤토뇌프 뒤 파프 전체를 거대한 와이너리로 만들고 고급 와인을 적극 생산했다. 때문에 약 700년의 세월이 지난 지금도 교황청 안의 와인 저장고에는 교황의 얼굴이 새겨진 라벨이 붙은 고급 와인들이 저장되어 있다. 이 궁전이 유네스코가 지정한 세계 유산이며 현존하는 가장 큰 고딕 건축물이라곤 하지만 성벽 높이 50미터, 두께 4미터의 압도적인 규모에도 전혀 성스러움이 느껴지지 않는 이유는 바로 그 때문이다. 그저 재물을 움켜쥔 탐욕스런 교황들을 떠올리게 할 뿐이다.

오늘날 교황청 안뜰에는 매년 2,200여 명을 수용하는 야외 무대가 꾸며지며 다분히 드라마틱한 공간으로 사용되고 있다. 아비뇽 연극제의 오프닝 때문이다. 이때만큼은 이 종교 건축물도 거룩함과 신성함의 가식을 벗고 한껏 들뜬 세속적인 공간으로 파격 변신해 적극적으로 호객에 나선다. 그리고 전 세계에서 몰려든 사람들이 이열치열 빚어내는 유쾌한 혼돈에 휩싸인다. 애초에 교황들이 원했던 것이 음주가무가 있는 유흥의 공간, 이것이 아니었을까 하는 생각을 해본다.

프랑스는 문화예술 분야에 정부가 적극적으로 개입하고 전폭적으로 지원하는 몇 안 되는 나라 중 하나다. 다민족의 시민들을 하나의 공감대로 묶어주고 사회계층 간의 긴장과 갈등을 완화시키는 최선의 방법이 문화예술이라는 강한 믿음 때문이다. 아비뇽 연극제도 1947년 연출가이자 연극배우인 장 빌라르가 '극소수 부르주아의 전유물이 아닌 평민들을 위한 연극'을 표방하며 시작한 이래 프랑스 정부와 프로방스 지방 정부, 아비뇽 시청의 대대적인 지원을 받았다. 그 결과 현재 이 페스티벌에는 매년 1,000개 이상의 공연 단체가 참가하고 수많은 전문 예술인들이 찾아와 콩트, 마임, 현대무용, 발레, 콘서트, 서커스 등을 벌이며 연간 40~50만 명 이상의 관객을 모으고 있다. 많은 팬들을 확보할 수 있었던 것은 초청작 위주의 유료 공연보다 무료로 공개하는 공연의 힘이 컸다. 이미 1960년대부터 실험 정신과 주제의 다양성을 높이기 위해 정식으로 등록하지 않은 단체들의 공연도 허락했기에 축제 기간에는 한 잔의 커피를 마시면서도, 아이스크림 가게 앞에 긴 줄을 서면서도 콩트 한 자락을, 또

마임 한 편을 즐길 수 있다.

축제 때가 되면 이 고루한 중세 도시가 화려한 포스터로 옷을 갈아입는다. 신선하게 재해석된 몰리에르나 피에르 드 마리보 등 프랑스 고전부터 자극적인 사진으로 눈길을 사로잡는 무료 공연들 그리고 반가운 한국 팀의 포스터까지…… 겹겹이 도배된 각양각색의 광고들을 하나하나 눈여겨보는 것만으로도 축제 분위기를 흠뻑 느낄 수 있다. 난공불낙의 요새 교황청 역시 수백, 수천 장의 포스터들로 이미 꼼짝없이 포위된 상태다. 이 거대한 고딕 건축의 화려한 외벽을 훑어보는 것만으로도 행복한 고민에 빠진다.

프로방스의
골드러시

:

일쉬르라소르그

"할머니도 아니고, 젊은 사람이 살기에 프로방스는 너무 지루하지 않아?"

사람들은 종종 내게 이렇게 묻곤 한다. 저녁 6시가 되면 모든 상점이 문을 닫고, 24시간 편의점이라는 것은 애초에 존재하지도 않으며 밤 문화를 즐길 만한 네온사인 하나 찾지 못할 때 사람들은 으레 그런 질문을 한다. 도심의 소음과 스피드, 격렬함과 눈부심이 역동성의 척도인가? 불야성처럼 조명이 정신없이 번쩍이고 새벽 2시에도 내가 원하는 요리로 만찬을 즐길 수 있으며 어디에서나 손만 들면 택시를 잡을 수 있는 것이 그들이 말하는 '지루하지 않은 풍경'이라면 내 생각은 조금 다르다.

내가 꼽는 가장 생동감 넘치는 공간은 프로방스에서도 가장 인구 밀도가 낮은 보클뤼즈 지방이다. 그리고 지금처럼 창문을 활짝 열어놓고 D900 국도를 달리는 것만으로도 무한대의 역동성을 느낄 수 있다. 노란 관모를 쓰고 새침하게 부리를 내민 오디새 떼가 후드득 날아간 후 여유롭게 출렁이는 느티나무와 무리 지어 흔들리는 붉은 양귀비꽃들, 또 같은 방향으로 끝을 새초롬하게 꼬부라뜨린 삼나무들이 라디오에서 흘러나오는 감미로운 샹송과 어우러지는 공간. 대자연도 이곳에서만큼은 사계절이 아니라 24개의 절기로 나뉘어 드라마틱하게 펼쳐진다. 그리고 이 살아 숨 쉬는 풍경 끝에서 이름만큼이나 어여쁜 일쉬르라소르그에 도착한다. 들이마시는 공기 한 줌, 건네는 작은 시선만으로도 이 꽃다운 마을이 청정 지역임을 느끼게 하는 것은 바로 보클뤼즈의 샘물 덕분이다. 끝 간 데 없이 푸르기만 한 하늘이 투명한 물살이 되어 마을을 가로지르고 그 속에서 자잘한 물고기를 잡는 아이들의 모습이 흑백영화를 돌려보는 듯 아련함을 불러일으킨다. 또 청록의 이끼를 잔뜩 머금고 무겁게 돌아가는 물레방아와 고즈넉한 수로를 따라 면면히 들어선 수많은 앤티크숍은 과거인 듯 현재인 듯 오묘한 분위기를 연출한다.

이 슬로시티는 1년에 딱 두 번 깨어난다. 1920년에 시작된 이래 매년

부활절과 8월에 열리는 '세계 앤티크 축제'로 말이다. 이곳에서는 묵직한 밀랍 향을 맡으며 고전적인 아날로그 여행을 떠날 수 있다. 길이 잘 든 귀족들의 승마 용품, 귀부인들의 사치품이었던 황금 새장과 양모로 짠 모로칸 카펫, 반질반질 윤이 나는 단풍나무 책상과 혈맥처럼 사방으로 금이 간 가죽 소파, 장 발장이 연상되는 성스러운 은촛대와 은식기 들, 세심한 조각이 돋보이는 황동 손잡이의 검 등…… 이 모든 물건들에는 '세상에서 단 하나뿐인 독보적인 보물'이라는 도도함이 있다. 왜 안 그랬 겠는가. 키가 작고 팔다리도 짧은 귀족이라면 목수에게 아담한 책상을 명했을 테고 대장장이에게 좀 더 가벼운 칼을 주문했을 것이다. 콤플렉 스 때문에 오히려 거대한 침대를 주문했을 수도 있다. 나는 거의 2등신 에 가까웠던 「슈렉」의 로드 파콰드를 상상하며 17세기와 18세기의 보물 들 사이에서 일관된 유행 코드를 발견하려 애써본다. 그리고 괜히 가죽 주머니에 든 오래된 금화와 은화를 짤랑거리며 낡음이 주는 은은한 향 기에 빠져든다. 물론 발길을 옮기다 보면 손때 묻은 테니스나 크리켓 라 켓, 체스 판이나 꼭두각시 인형, 전축과 자전거, 시계, 전화기, 타이프라 이터까지 조금은 친숙한 19세기와 20세기의 낡음도 만날 수 있다. 국적 과 나이를 불문하고 전 세계의 여성들이 약속이나 한 듯 모이는 곳은 단 연 미니어처 향수병, 화장대, 거울 등이 즐비한 프로방스 빈티지 섹션이 다. 특히 앙증맞은 체크 안감이 매력적인 프로방스풍 피크닉 세트는 여 행자들에게도 부담 없는 크기여서 수십 가지 언어로 끊임없이 흥정이 붙 고 활발한 거래가 이루어지며 각종 카드와 수표 들이 오간다.

이 축제의 또 다른 재미는 사람 구경이다. 마냥 신기해하며 감탄사를 연발하는 관광객들 사이로 매의 눈이 되어 샅샅이 먹잇감을 찾고 있는 보물 사냥꾼들 때문이다. 부드러운 면장갑을 끼고 돋보기를 든 이 전문 가들은 생사의 기로에서 이보다 더 필사적일 수 없을 만큼 진지하게 노다지를 꿈꾼다. 또 고뇌에 휩싸인 컬렉터들 또한 자신의 컬렉션의 화룡정점을 꿈꾸며 하루 온종일을 투자한다. 그리고 결국 할아버지의 할아버지뻘인 골동품 한 점을 성공적으로 손에 넣으면 귀한 어르신을 모셔가느라 조심 또 조심을 한다.

19세기 중반, 금광을 찾아 서부로 이주하던 미국의 골드러시와 마찬가지로 이 마을이 골동품의 중심지로 떠오르면서 1960년에 불과 7,000명이던 인구수가 2000년대에 들어서면서는 2만 명으로 늘어났다고 한다. 그만큼 앤티크의 수도 기하급수적으로 늘었다. 그러니 프로방스에 온다면 혹시나 모를 일확천금의 운을 믿고 일쉬르라소르그에 들러 보는 게 좋겠다. 도처에 널려 있는 앤티크들 중 '하찮은 고물'로 위장한 '엄청난 보물'이 나에게만 살짝 윙크를 해올지도 모르니까.

사 드 를
만 나 다

:

라 코 스 트

포근한 볕 아래 엑상프로방스에서 북쪽으로 끊임없이 이어지는 포도밭을 따라 라코스트로 향한다. 너무도 작고 고적한 마을이라 지도에서도 잘 찾을 수 없고 길을 안내하는 변변한 표지판조차 없지만, 아찔한 산봉우리를 굽이굽이 올라가다가 더 이상 차가 들어갈 수 없는 요새가 나오면 거기부터가 라코스트다. 프로방스 귀족이었던 프랑수아 드 사드가 30

여 년간 영주로 살았기에 '사드의 성'으로 불리는 라코스트 성을 보면 알수 있다. 경사가 심한 중세 골목이 면면히 이어져 금세 숨이 턱까지 차오르지만 맨 꼭대기에 있는 성에 당도하면 시원스레 펼쳐진 파노라마 덕분에 숨통이 확 트인다. 칼라봉 언덕 위로는 올리브 나무가 숲을 이루고 뒤랑스 강 주변으로는 한도 끝도 없이 포도밭이 이어지며 방투 산과 뤼베롱이 병풍처럼 펼쳐진다. 그러나 푸른 솔향기가 아스라이 전해오는 이 비옥한 영지도 사드 백작의 재산 중 일부에 불과했고 방이 마흔두 개나 되는 라코스트 성 또한 수십 개의 성 가운데 하나일 뿐이라는 것을 감안하면 프로방스의 왕가라 해도 손색없을 그의 집안을 쉽게 짐작할 수 있다.

이 부잣집 도련님이 활동한 시기는 엄격했던 신앙심이 점점 옅어져고 상류사회를 중심으로 풍속이 급속히 자유로워지기 시작한 18세기였다. 프랑스혁명 직전의, 굶주림에 지친 대중의 분노가 극으로 치달아 온 나라가 그야말로 혼돈 그 자체였다. 이런 상황 속에 사드는 하녀를 학대한 '로즈 켈레르 구타 사건'과 마르세유 홍등가 여성들에게 최음제를 먹인 '마르세유 봉봉 사건' 등으로 악명을 떨쳤고 혁명 후 당통과 로베스피에르, 나폴레옹 정부의 격변기를 거치는 동안 수감, 재수감을 되풀이했다. 그러나 자신을 억압하는 위선자들에 대한 질타로 또 자기만족을 위한 판타지로 소설을 쓰기 시작하면서 이 공공의 적은 한순간에 서민들의 영웅으로 변모하게 된다. 그리고 희대의 베스트셀러 『쥐스틴 또는 미덕의 불행』을 통해 이성을 학대함으로써 성적 만족과 쾌감을 느끼는 '사

디즘'이라는 용어를 탄생시키기에 이른다.

나는 마치 사드의 초대를 받은 손님인 양 당당하게 성 안을 휘젓고 다니며 이 요상한 주인장의 물건들을 만지작거려본다. 아늑하게 꾸며진 침실에선 오리엔탈 양탄자를 쓰다듬어보고, 세련된 살롱에선 은으로 정교히 세공된 소파에 꼿꼿한 자세로 앉아보기도 한다. 또 산양 뿔로 만든 스탠드를 직접 켜보기도 한다. 그리고 정원에선 아직도 총천연색 외관을 유지하고 있는 마차에 슬쩍 체중을 실어보며 사드의 모난 구석을 찾으려 애써본다. 참 기구한 운명이다. 이런 호화로운 성을 두고 인생의 3분의 1을 교도소에서 보내고 그것으로도 모자라 최후는 설상가상 정신병원에서 맞았으니 말이다. 그러나 산발을 하고 넝마 하나 걸친 채 추위와 고독에 몸부림치며 비위생적인 환경에서 고군분투하는 몬테크리스토 백작을 떠올렸다면 오산이다. 그는 강이 내려다보이고 고급 가구와 미술품으로 호화로이 장식된 샤랭통의 펜트하우스에서 생활했다. 게다가 신분에 걸맞은 의복을 켜켜이 갖춰 입고 머리에는 하얀색 분을 뿌린 고급 가발을 썼음은 물론 매끼 식탁에는 와인이 올랐고 진귀한 디저트들이 즐비했다. 그리고 널찍한 책상에 호사스레 앉아 길고 멋진 퀼스로 마음껏 글을 썼다. 그저 방문이 잠겨 있을 뿐이었다.

그러나 광기는 속박 속에서 피어난다고 했던가? 오랜 감금 생활로 점점 수위가 높아진 그의 소설들은 스스로의 목을 조르는 비극적 결과를 초래하고 만다. 그는 죽을 때까지 자신이 "귀족 사회의 위선과 인간성이 결여된 시대의 희생양"이라고 주장했다. "한 문학작품을 결정짓는 것은 그 민족과 환경과 시대"라는 누군가의 말처럼 정말 그를 퇴색시키고 왜곡시킨 것은 폭동과 혼란, 피와 퇴폐 속에 선과 악이 하루가 멀다고 바뀌던 시대정신이었는지도 모른다. 그 혼돈은 사드를 사장하려 했지만 사실 그 누구도 사드에 대한 호기심을 억누를 수는 없었기에 그는 세기를 거듭하며 논의되어왔다. 그리고 '절대 자유가 절대 악과 통한다'는 그의 소설들은 현재 프랑스를 빛내는 세기의 고전으로 당당히 이름을 올리고 있다.

피 터 메 일 이
사 랑 한 풍 경

:

루르마랭

뤼베롱 산기슭이 온갖 꽃으로 뒤덮이고 그 어질어질한 농향이 뒤랑스 강을 따라 천리를 흘러가는 초여름. 이름을 알 수 없는 매혹의 꽃향내를 타고 새벽을 달려 프랑스에서 가장 아름다운 마을 중 하나로 지정된 루르마랭에 닿는다. 농도 짙은 태양 아래 포도밭과 아몬드 나무, 무화과나무 숲으로 둘러싸인 이 단출한 마을로 들어서면 사람 이외의 모든 것이

중세다. 그러나 12세기 요새와 생앙드르 로마네스크 교회, 16세기의 메디치 드 프로방스 성, 프로방살 바스티드 등 아득한 고성들 사이로 끊임없이 마르셰가 이어져 의외로 산뜻한 생기가 느껴진다. 루비처럼 반짝이는 체리로 입안 가득 새콤한 계절을 느끼며 알베르 카뮈의 묘지를 찾는 한 무리의 영국인들을 본다. '상쾌한 무덤가의 아침 산보'라는 모순적인 행위는 프로방스이기에 가능한 것이 아닐까?

천년이 넘은 이 중세도시는 어스름한 서광이 비치는 이른 아침부터 북적인다. 죽은 카뮈보다도 현존하는 영국 작가 피터 메일 덕분이다. 『어느 멋진 순간ᴬ ᴳᵒᵒᵈ ᵞᵉᵃʳ』으로 잘 알려진 이 영국인은 프로방스 안에서만 두세 번의 이사 끝에 종착지로 루르마랭을 선택했고 이곳에서 『어느 멋진 순간』을 발표했다. 스스로를 와인 애호가로 칭하는 그는 집필을 위해 실제로 1년 동안 와인에 대한 체계적인 공부를 하고 자료 수집에 몰두했다. 그 결과 소량만 생산되는 최고급 부티크 와인, 포도 수확을 뜻하는 방당주, 와인 저장고 카브 이야기 등 포도의 경작에서부터 전통 제조법, 숙성과 시음에 이르기까지 와인에 대한 모든 것을 이 책 속에 총망라했다. 때문에 그의 문체에 제대로 취하려면 일찌감치 와인 한 병을 열어두어야 한다. 그것이 책의 배경인 이곳, 코트 뒤 론 와인이라면 책장을 넘기며 메일과 '쨍!' 하고 잔을 기울이는 행운을 누릴 수도 있다.

이 작품은 「델마와 루이스」, 「글래디에이터」 등으로 유명한 리들리 스콧 감독이 2006년 영화로 옮기면서 더욱 빛을 발했다. 실제로 루르마랭 바로 옆 마을인 보니외에 와인 농장까지 소유하고 있는 스콧 감독은 '내 동

네'라고 말할 수 있을 만한 이 근방에서 모든 촬영을 마쳤는데, 불과 몇 장면만으로도 이 초로의 영국인이 얼마나 프로방스를 사랑하는지 짐작케 한다. 마치 20세기 초 흑백영화의 여주인공이 뿌연 스크린 덕택에 더욱 신비로움을 발산하듯 동트는 새벽 전경, 안개가 자욱한 포도밭, 붉은 저녁노을이 깊게 내려앉은 샤토 등 아련한 풍경들이 이어지며 현실보다 훨씬 환상적인 프로방스를 창조해냈다. 더불어 진한 벌꿀 색 농가가 있는 마을 어귀, 하늘색 나무 덧문 앞에 놓인 농염한 양귀비꽃, 경쾌한 소리를 내며 뽑히는 코르크 마개와 유혹하듯 뿜어져 나오는 레드와인의 탄닌 향까지…… 프로방스 최상의 모습만 엄선해 마치 한 권의 영상집을 만들어놓은 듯한 착각이 들 정도다. 나는 몇 년 전 무앙 사르투의 도서 축제에서 운 좋게도 메일의 친필 사인이 들어 있는 『어느 멋진 순간』을 구입했는데, 오늘 드디어 이것을 옆구리에 끼고 책 속 장면들을 하나하나 돌아본다. 프로방스를 종교처럼 여기는 메일의 묘사와 스콧의 영상 때문에 '실제로 가보면 실망하지 않을까?' 하는 걱정을 잠시 하기도 했지만, 소설보다 더 유쾌하고 정감 있는 프로방스인들을 만나 보니 마치 책 속 등장인물들처럼 사랑스러운 로맨스를 꿈꾸게 된다.

메일의 표현을 빌리자면 프로방스는 특이한 고장이다. 시계가 아니라 계절로 구분되는 시간관념을 가지고 있어 시간을 정확하게 지키는 것은 북부의 요상한 강박관념쯤으로 생각되는 곳. 그런 프로방스의 여름이다. 헤실헤실 풀어진 바람이 불어온다. 무슨 일이 생길지는 아무도 모른다.

보　랏　빛
힐　　　링

:

발 랑 솔

아프리카 북부의 사하라에서 불어오는 건조하고 무더운 바람 시로코가
지중해를 건너 프로방스 일대를 휘저어놓는 7월. 깊은 산속 옹달샘을 찾
아가듯 유럽에서 가장 깊고 험준한 베르동 협곡으로 들어서 생트크루
아 호수를 건너면 이 심술궂은 바람에 어느새 달콤한 연보랏빛 향이 묻
어난다. 프랑스에서 가장 큰 라벤더 생산지인 발랑솔 고원에 다다랐음을

후각으로 제일 먼저 알게 되는 것이다. 뒤이어 시야를 가득 메우는, 끝없이 넓은 보랏빛 세계. 모든 구름을 날려버린 시로코 덕분에 청청한 하늘 아래 간간히 황금 밀밭과 샛노란 해바라기 밭까지 어우러져 화려한 원색의 향연이 펼쳐진다.

이곳은 검은 황금으로 불리는 송로버섯이 자생하는 한갓진 산촌 마을이지만 지금은 경이로운 보랏빛 파노라마를 창공에서 만끽하려는 사람들로 하늘 길마저 분주하다. 게다가 잠시 그늘을 빌리러 찾은 체리 나무 아래에선 어김없이 튜브 물감을 두둑이 챙긴 화가들과 거대한 렌즈를 장착한 카메라를 메고 스나이퍼의 눈으로 사방을 훑는 사진작가들을 만날 수 있다. 이 남자색 도시 전체가 그야말로 하나의 아틀리에다. 나도 아티스트들 사이에 자리를 잡고 앉아 손바닥만 한 스프링 수첩에 몽당 색연필로 감동을 넘어서 반성까지 하게 만드는 풍경의 한 조각을 채집한다. 투명한 시로코 몇 점과 한 줌의 보랏빛 향기, 핀 조명처럼 내리꽂히는 볕을 스케치하는 데 대단한 실력이나 고급 화구가 필요한 것은 아니니까. 프로방스 꿀벌들도 이곳에 모여 잔치를 벌이는지 벌떼가 주변을 맴돈다. 그중 한 마리는 수첩 모서리에 내려앉아 의문스런 눈초리로 내 그림을 지켜보기까지 한다. 애교스러운 꿀벌 한 마리를 포인트로 그려 넣으며 스케치를 완성하고 달콤한 향기를 따라 시내로 향한다.

지나치는 주택가에는 담장 너머까지 풍성한 이파리를 뽐내는 아몬드 나무가 즐비하고 어느 나지막한 대문 너머로 빨랫줄에 베개 커버를 너는 할머니도 보인다. 따스한 프로방스의 햇볕이 그녀에게 준건 그저 비타민

D가 아니라 신비의 에너지인 것이 분명하다. 젊은 새댁마냥 빨랫감을 저렇게나 탁탁 힘 있게 펼쳐 너는 것을 보면 말이다. 그녀의 거실에는 분명 사이가 좋은 개와 고양이가 서로를 베개 삼아 늘어지게 낮잠을 자고, 오래된 철제 오븐에서는 무화과 파이가 달콤한 향기를 뿜으며 구워지고 있을 것이다. 겨울이 되면 오렌지 나무에 열린 탐스러운 열매로 마멀레이드를 만들 테지…… 느린 걸음으로 내가 꿈꾸는 70대의 모습을 찬찬히 바라본다.

마을 어귀에서부터 전통 의상을 입고 풍악을 울리는 어르신들께 라벤더 가지를 하나씩 받아 들다 보니 시내에 거하게 펼쳐진 마르셰에 다다랐을 땐 오른손에 커다란 보랏빛 부케가 들려 있다. 그러나 아랑곳 않고 왼손으로는 바지런히 꽃잎이 통째로 씹히는 연보랏빛 아이스크림과 마카롱을 맛보며 궁극의 향긋함을 입안 가득 느껴본다.

소담스런 보랏빛 향기에 흠뻑 취해 마을을 돌아 나오는 길. 창밖에는 어린 라벤더가 시로코와 왈츠를 추며 끊임없이 옥향을 뿜어대고, 아쉬움에 뒤를 돌아보듯 진보랏빛 세상은 쉽사리 시야에서 사라지지 않는다. '침묵'이라는 꽃말처럼 안정 효과를 가진 약초여서일까, 화려한 색감이 넘실거리며 오감을 자극할수록 마음은 점점 차분해져만 간다.

속도의 부작용으로 힐링이 유행하는 시대. 이곳에 오지 않았더라면 끝내 모르고 말았을 압도적인 보랏빛 스펙트럼을 탐닉하며 마지막까지 달콤한 힐링을 맛본다.

도 자 기
굽 는 마 을

:

무스티에 생트마리

라벤더 향기에 작별의 고하며 다시 베르동 협곡의 꼬불꼬불한 절벽을 아슬아슬하게 운전해 나간다. 산맥을 가르는 칼바람에 차가 휘청거리는 아찔한 경험을 하며 이 무시무시한 협곡을 성공적으로 빠져나오면 꼭 선물처럼 대자연 속에 꼭꼭 숨어 있는 호젓한 마을 무스티에 생트마리에 닿을 수 있다. 프로방스의 해변 도시에선 좀처럼 보기 힘든 만추의 단풍

길을 따라 온통 붉은색으로 물든 마을로 들어서면 절정의 가을빛 아래 한 대의 마차가 대기 중이다. 흰 장갑에 연미복을 차려입은 마부는 백작 부인을 모시듯 나에게 공손히 손을 내밀고 세심하게 옷자락까지 정돈해 주고 문을 닫는다. 그러곤 숙련된 솜씨로 두 마리의 백마를 몰아 눈 깜짝할 사이에 나를 중세로 안내한다. 그리고 드디어 무스티에 파이앙스를 만난다.

마을 이름인 '무스티에'로도 불리는 이 프로방스 도자기는 1668년 이탈리아 수도승 피에르 클레리시가 이 마을에 흰 유약과 아름다운 그림 기술을 전파하면서 탄생했다. 윤이 나고 매끄러운 무스티에 파이앙스는 곧 격조 높은 귀족들에게 접시, 찻잔, 꽃병, 장식용 타일, 장식 인형, 정원의 분수 등 다양한 형태로 불티나게 팔려나갔고 그들은 더욱더 차별화된 고급 제품을 주문하기에 이른다. 마침 1738년에는 코발트블루를 시작으로 다양한 안료가 수입되어 18세기 말에는 도자기에 섬세한 명작 한 폭을 그려 넣을 수 있을 정도로 발전했는데, 섭씨 1,000도의 열기를 견디고 생겨난 강도 덕분에 궁정에 입성, 태양왕 루이 14세까지 사로잡게 된다. 그는 역사에 "대신들의 만류에도 필요 이상으로 많은 무스티에 파이앙스를 사재기한 진정한 마니아"로 기록되어 있다.

노을이 따스한 오렌지색으로 내려앉을 때까지 1,000년 된 좁은 길을 요리조리 기웃거리다 보면 어느 순간 떡갈나무와 너도밤나무 장작이 만들어내는 고소한 내음이 온 마을에 가득하고 그 끝에 무스티에 파이앙스 박물관에 닿는다. 1929년 개관한 이 박물관에는 아라비아의 이국적

풍경, 생동감 넘치는 사냥 장면, 극적인 신화의 하이라이트 등이 선연히 담긴 400여 점의 무스티에를 감상할 수 있는데, 중세에 만들어진 이 찬란한 작품들을 보며 잠시 생각에 잠긴다. 모든 것이 무척 화려했고 지적이었으며 동시에 가장 포악하고 잔인했던 시절, 인간의 선과 악이 최대치로 팽창했던 그 시대에 살았으면 어땠을까? 루시퍼의 얼굴이 손잡이로 달린 입체적인 대접과 귀족들의 아리따운 세면대, 심지어 최고급 안료로 기하학 패턴을 그려 넣은 예술적인 요강까지…… 낯선 아리따움을 찬찬히 감상하며 이루 다 말할 수 없이 호사스러웠을 태양왕의 하루를 그려본다.

샛노란 은행나무 이파리가 소담스레 쌓인 오솔길을 바스락대며 내려온다. 그리고 오랜 전통을 자랑하는 아틀리에에서 자잘한 꽃과 나비, 뛰노는 사슴들, 프로방스풍의 매미와 도마뱀 등등 다채로운 그림과 무늬가 들어간 무스티에들을 눈으로 어루만져본다. 주로 생활 자기가 주를 이루지만 뒷면에는 장인들의 사인과 일련번호가 들어가 있어 특별함을 더한다. 나도 은은한 들꽃 문양이 수놓인 무스티에 한 세트를 구입한다. 여기에 담아낸다면 소박한 음식만으로도 하루 세 번 궁정의 화려함을 맛볼 수 있지 않을까.

어떤 선물을 살까?

여행 중 지인들의 선물을 고를때는 가격과 무게 등을 고려하면서도 취향과 개성을 무시할 수 없으니 그 자체가 자칫 스트레스가 될 수 있다. 흔히 '기념품'이라고는 하지만 한 가지만은 분명히 하자. '내가 다녀온 여행을 친구들이 기념하는 것'은 우스운 일이라는 사실. 제발 조각이나 장식품 등 쓸모없는 것을 선물하지 말자!

프로방스의 분위기를 담고 있어 새롭게 맛볼 수 있거나 사용할 수 있는 소모품 위주라면 누구에게나 무난한 선물이 되기에 프로방스풍 선물과 적당한 가격을 소개하려고 한다. 참, 적당한 가격이라고 하더라도 원화로 환산하면 적은 돈이 아니니 애초에 프로방스에서 '싸고 좋은 물건'을 찾을 기대는 하지 않는 게 좋다. 그것은 마치 '로봇 애완견', '통통한 44사이즈' 혹은 '맛있으면서 살 안 찌는 음식'만큼이나 말이 안 되는 것임을 미리 밝혀둔다.

작고 가벼운 것으론 틴 박스에 든 라벤더 또는 장미맛 캔디(5~6유로), 자수가 놓인 라벤더향기 주머니 세트(4개, 15유로), 카마르그 소금(200g, 5유로), 프로방스 허브 세트(5개, 20~30유로), 엑상프로방스의 칼리송 한 상자(15~20유로) 등이 좋다. 가방의 여유가 있어 조금 무게가 나가는 것들을 구매할 수 있다면 그라스의 천연 향수(오드투알레트 50ml 30~50유로, 파르펨 80~100유로), 보디 로션이나 보디 샴푸(12~15유로), 비누 세트(12~15유로), 라벤더 꿀(15유로), 그랑 크뤼 올리브오일(250ml, 15유로), 말린 과일과 견과가 들어간 프로방스풍 비스킷과 사탕 세트(25~50유로), 프로방스 로제와인(10~25유로), 올리브 나무로 만든 도마와 샐러

드볼(30~50유로) 등을 추천한다. 선물도 중요하지만 방문한 도시들의 흑백 엽서(1유로)를 사서 자신의 여행 루트를 기념하는 등 무엇보다 스스로에게 추억이 될 물건을 고르는 것이 중요하다. 여성이라면 도시마다 있는 노천시장에서 앤티크 목걸이나 귀걸이, 브로치(50~80유로)를 눈여겨보면 의외로 만족스러운 가격에 특이한 액세서리를 구입할 수 있다. 또 월계수와 도마뱀, 라벤더가 자잘하게 수놓인 프로방스풍 식탁보(100~150유로)와 광목 냅킨 세트(6개, 30~50유로), 파이앙스 접시 세트(200~300유로), 비오 와인 잔 세트(6개, 60~100유로), 피크닉 세트(50~100유로, 앤티크 100~200유로) 등은 두고두고 잘 쓸 수 있는 아이템들이다. 특히 한국에 비해 비치웨어 브랜드가 다양하기 때문에 이 기회에 합리적인 가격으로 화려한

비키니를 골라보는 것도 나쁘지 않다. 만약 남성이라면, 똑같이 위의 품목을 쇼핑한 후 여자친구나 아내에게 사랑받는 방법이 있다.

04

와인 빛
노을을
따라서

그라스·방스·생폴 드 방스·망
통·모나코·생장카프페라·니스

와인 빛 노을을 따라서 (직선거리 107.55km)

반나절 – 그라스

거리 25.9km ㅣ 이용 도로 D2085, D2210 ㅣ 시간 50분

반나절 – 방스

거리 4.68km ㅣ 이용 도로 D236, D2 국도 ㅣ 시간 10분

1일 – 생폴 드 방스

거리 50.95km ㅣ 이용 도로 D2, A8, D2566(쇼브 산) ㅣ 시간 50분

반나절 – 망통

거리 18.21km ㅣ 이용 도로 D52, D6007(해변로 그랑 코르니쉬) ㅣ 시간 30분

1일 – 모나코

거리 12.95Km ㅣ 이용 도로 D6098(해변로 그랑 코르니쉬) ㅣ 시간 30분

반나절 – 생장카프페라

거리 10.67km ㅣ 이용 도로 D6098(해변로 바스 코르니쉬) ㅣ 시간 20분

1일 – 니스

프 라 고 나 르 와
르네상스의 향기

:

그 라 스

Flacons en verre orné d'or
Prince Matchabelli - 1927

미풍에 묻어나는 재스민 향을 좇아 고불고불 중세의 길을 따라가면 파
트리크 쥐스킨트가 쓴 소설 『향수』의 배경 그라스에 도착한다. 지중해성
기후의 정점에 위치하여 연간 300일 이상 햇빛이 있고 토양마저 비옥하
기에 이곳에는 일찌감치 향수 제조사가 터를 잡았고 향수 공장, 향수 연
구소, 향수 박물관이 생겼으며 재스민과 장미 등을 주제로 한 꽃 축제

가 시작되었다. 그러나 이 모든 영광은 향수에 도취된 사람들이 있었기에 가능했다. 왜 프랑스 사람들은 고작 몇 방울의 꽃 물에 이토록 열광한 것일까? 나는 그 이유가 '사람들 간의 거리' 때문이라고 생각한다.

프랑스 사람들은 늘 부담스러울 정도로 좁은 거리를 유지한다. 오지랖 넓은 프로방스에선 그 거리가 더욱더 좁혀진다. 이들의 인사법 비주부터가 그렇다. 볼을 비비며 인사하기 때문에 향수는 물론이거니와 로션과 샴푸 향 심지어는 세제 브랜드까지 알 수 있다. 또 아무리 유럽인들 중 체구가 작은 프랑스 사람들이라고 해도 카페나 비스트로에서 볼 수 있는 테이블은 작아도 너무 작다. 마주 보고 앉으면 코가 아니라 어깨도 쉽게 닿는 거리다. 이런 밀접한 거리를 유지하는 것이 익숙해서일까, 사람들은 체취로 서로를 구분하기 시작하면서 향수에 중독되어갔다. 진한 향기는 종종 눈살을 찌푸리게 하지만 때론 고혹적이기도 하다. 여기서 관건은 향의 강약이 아니라 '얼마나 본인과 잘 어우러지는가'다. 그 조화가 훌륭하다면 농향은 사람의 매력을 마력으로 업그레이드시키며 한순간 거부할 수 없는 최면을 걸어온다.

향수의 고장이라 알려진 그라스도 꽃 물을 생산하기 전에는 한낱 목동들의 산동네에 불과했다. 16세기 그라스는 가죽 제품을 주로 생산했는데, 솜씨 좋은 장인들 덕에 점점 프로방스 귀족들의 상급 주문이 늘어나자 이들은 가죽 특유의 악취를 없앨 요량으로 산기슭의 야생화로 꽃물을 추출하게 된다. 그리고 이 향긋한 가죽 제품이 메디치가의 까다롭고 세련된 귀부인들의 눈에 띄게 되면서 '명품'으로 알려졌다. 뿐만 아니라 제아무리 멋진 향수를 만들어도 그것이 예쁜 형태로 알려지지 않으면 사람들의 마음을 훔칠 수 없었기에 유리 공예로 유명한 옆 마을 비오에서는 자연스레 향수병 공예가 발전하게 되었다. 병마개 연구가 시작되었고 향수병 전문 디자이너가 생겨났으며 샘플을 넣을 수 있는 앙증맞은 미니어처 병들이 생산되어 전문 수집가들까지 양산시켰다.

사시사철 좁다란 산악 도로를 곡예하듯 오르내리는 관광버스만 봐도 얼마나 많은 사람들이 그라스를 찾는지 알 수 있다. 그러나 이들이 원하는 건 500년간 이어져온 향수의 역사가 아니라 프라고나르, 몰리나르 등 세계적으로 유명한 향수 제조사들의 아틀리에에서 자신만의 향수를 직접 제조할 수 있는 특권이다. 향수는 원액의 함량이 20퍼센트 이상이면 파르픔^{Parfum}, 12~20퍼센트이면 오드파르픔$^{Eau de parfum}$, 7~12퍼센트 정도면 오드투알레트$^{Eau de toilette}$로 분류되고 '르네'라고 불리는 향수 제조가들에 의해 만들어진다. 수천 가지가 넘는 에센스를 조합하는 과정이 소믈리에보다도 훨씬 고도의 능력을 요하기에 전 세계적으로 그 숫자가 300여 명에 불과하다. 그러나 안타깝게도 우리의 후각은 약 서너 가지의 향을 맡으면 감각이 무뎌져서 더 이상의 구분이 어렵다. 때문에 이 우아한 향수의 세계에 들어서면 오히려 흥분을 가라앉히고 자신의 후각을 아껴둘 필요가 있다. 백합, 연꽃, 팽이 밤 나무열매, 재스민, 5월 장미, 헬리오트로프, 라벤더, 백단향까지…… 힘껏 숨을 몰아쉬며 코를 남발하다 보면 가장 멋들어진 향기가 왔을 때 그것을 알아보지 못하는 치명적인 실수를 저지를 수 있으니 말이다.

　은방울꽃과 제비꽃을 섞은 베이스에 베르가모트와 오렌지 꽃 향유 한 방울을 섞은 나만의 향수를 가지고 조향 아틀리에를 빠져 나오면 그라스 중심에 위치한 중세 빌라에서 낭만적인 18세기의 화가 프라고나르를 만날 수 있다. 그의 이름에서조차 향기가 나는 것은 비단 이곳 태생이라는 배경이나 지금 방금 빠져나온, 그의 이름을 딴 향수 회사 때문만은 아니다. 그라스의 들꽃으로 가득 채워진 그의 캔버스가 늘 적극적으로 오감을 매혹시키는 이유에서다. 한없이 로맨틱한 색채에 둘러싸인 그의 작품을 보고 나면 눈을 감아도 한동안 그 색감과 형체들이 눈앞에 아른거린다. 한참을 달리다 멈춰서면 정지했음에도 어지럽고 숨이 가쁜 것과 마찬가지로 말이다. 특히 궁정 복식인 듯 풍성한 레이스가 돋보이는 살구색 드레스를 입은 여인이 폭신한 쿠션까지 갖춘 고급 그네를 타는 더없이 사랑스러운 작품 「그네」는 묘한 분위기로 마음까지 혼란스럽게 한다.

　1767년 프라고나르의 아틀리에로 한 남자가 찾아온다. 궁정에 출입할 만큼 신분이 높지만 이름은 밝힐 수 없는 이 귀족은 정부의 집에 걸어놓을 목적으로 그림을 의뢰하며 "그네를 타는 정부가 중앙에 오되, 그네를 미는 사람은 성직자여야 하며 정부의 매끈한 종아리를 보는 본인이 맨 앞에 그려져야 한다"라는 조건을 붙였다. 그렇게 탄생한 그림이 「그네」다. 첫 느낌은 싱그럽지만 다시 들여다보면 보일 듯 말 듯 바람에 부풀려진 치마 속을 들여다보는 귀족의 상기된 표정에 뭔가 심상치 않음을 느끼게 되고 더 자세히 들여다보면 어둠 속에 그네를 미는 성직자가 서 있어 오묘한 분위기를 연출한다. 큐피드상은 검지를 입술로 가져가며 쉿,

장-오노레 프라고나르, 「그네」, 캔버스에 유채, 81×64cm, 1767, 런던 월러스 컬렉션

침묵을 명하고 거대한 떡갈나무에 걸린 그네는 그들의 관계처럼 담쟁이 넝쿨에 휘감겨 있어 긴장감을 준다. 그런데 이 작품에는 반전이 있다. 두 남자 사이에서 당황은커녕 그들의 시선을 즐기면서 더욱더 높이 날아오르는 여인의 자태다. 게다가 급기야 그녀의 앙증맞은 발에서 자그마한 샌들이 벗겨져 날아가며 묘한 뉘앙스를 풍긴다. '그네타기의 뜻밖의 즐거움'이라는 원제처럼, 찬란한 한줄기 빛을 받으며 꽃처럼 화려하게 날아올라 더욱더 대담하고 도발적인 포즈를 취하는 그녀로 인해 세 사람의 관계는 점점 더 미궁 속으로 빠져든다.

프라고나르는 서양미술사에서 처음으로 인간의 사랑을 전면에 내세운 로코코 시대를 맞이하고도 유독 경박한 에로티시즘으로 과도하게 비난받았다. 적나라한 사랑의 묘사가 있는 것도 아니고 더욱이 누드화도 아니었건만 말이다. 강한 부정은 강한 긍정이라고, 프라고나르의 작품이 그만큼 강력한 상상력을 불러일으킨다는 방증이 아니었을까? 그리고 그것은 어쩌면 프라고나르가 원하던 바였을 수도 있다. 애초에 그가 사랑의 찰나를 새털처럼 가벼운 붓 터치와 곱고 화려한 색으로 채워 에로틱한 상상의 여지를 우리 몫으로 남겨 놓았기 때문이다. 포근한 햇살이 머무르는 프라고나르의 집 안을 서성이면 프랑스혁명기라는 뒤숭숭한 시대에 살았음에도 화폭 속에서 '혁명의 깃발을 흔드는 자유의 여신'이나 '총을 쏘는 민병대', '평등을 갈구하는 민중'은 찾아볼 수 없다. 그저 벽에 걸린 수많은 작품들에서 달달한 꽃향기가 배어 나와 몽롱한 취기만이 느껴진다. 하루가 멀다 하고 옳고 그름이 손바닥처럼 뒤집히던 과도기적

시대를 살면서도 그는 다양한 인간의 사랑만을 눈꽃처럼 가볍게, 빛처럼 화사하게 담아냈다. 혁명도 사상도 한낱 지나가는 시간의 흐름일 뿐 모든 것은 곧 역사 속으로 사라지지만 사랑만은 영원하다고 말하는 듯이.

마 티 스 의
바 실 리 카

:

방스

예술작품을 감상하면서 심장 박동이 빨라지고 어지럼증과 의식혼란 심
지어 환각까지 경험하는 스탕달 증후군처럼 명작은 가끔 우리에게 신호
를 준다. 말로 형언할 수 없는 그 무엇에 압도되어 희열을 느끼는 것은
분명 멋진 일이지만 나이가 들면서 그것을 경험할 기회는 점점 줄어만
간다. 무척 오랜만에 나에게 그 '신호'를 보내온 예술작품은 바로 방스의

로자리오 예배당이다. 노트르담 성당처럼 유명하다는 성당들을 수없이 보았지만, 압도적인 웅장함과 유려한 장식들은 감탄을 자아낼 뿐 감동을 주지는 않았다. 그러나 이 예배당은 화려함을 배제한 단순함으로 무한한 감동을 선사한다. 특히 이곳의 스테인드글라스와 그것을 열정적으로 투과하는 프로방스의 볕은 설명할 수도 없고 또 설명이 필요 없는 것이기도 하다.

37년 동안 프로방스에서 산 앙리 마티스는 평생 여러 곳을 여행하면서도 늘 이곳으로 돌아올 수밖에 없었던 이유에 대해 "특히 아름다운 1월의 그 투명한 은빛 햇살" 때문이라고 이야기한 적이 있다. 실제로 잉꼬, 개똥지빠귀, 그리고 전 세계에서 수집한 각종 희귀조를 300마리 넘게 키우며 마티스가 자신의 왕국을 건설한 니스의 레지나 호텔에 가보면 그의 말을 실감하게 된다. 그곳에서 마티스는 자신을 간호해준 여인 모니크를 만났다. 그리고 '마티스 예배당'으로 불리는 로자리오 예배당도 마티스의 모델이자 간병인인 동시에 나중에 수녀가 된 그녀와의 인연으로 탄생했다. 그러나 4년간의 작업 끝에 정작 마티스 자신은 기력이 쇠하여 준공식에도 참석하지 못할 정도였으니 연로한 몸으로 그가 이 작은 공간에 얼마나 많은 열정을 쏟아부었는지 짐작할 수 있다.

나도 그 투명한 은빛 햇살을 만끽하며 오밀조밀 좁다랗게 이어지는 산길을 달려 방스에 도착한다. 이 고대 도시는 겨울에는 낙엽을 태우는 고소한 커피 향으로 가득하고 너도밤나무 장작이 만들어내는 흰 연기가 느릿느릿 굴뚝 위로 피어오르며 여유로운 겨울 운치를 자아내고, 여름에는

청청한 체리 나무들이 가로수를 자청하며 동화 속 한 장면을 연출한다. 그러나 성당이 아닌 예배당이라는 이름으로 알 수 있듯 자그마한 크림색 파사드 건물을 찾기란 쉽지 않다. 다행히 파랑과 흰색의 지그재그 패턴 지붕과 그 위에 얹힌 커다란 철 십자가 덕분에 지나치진 않는다.

조용히 내부로 들어서면 흰 타일에 검은 선으로만 그려진 「십자가의 여정」과 「성도미니크의 그림」이 마음을 차분히 내려놓게 한다. 그리고 곧 연만한 화가가 가장 공을 들여 디자인하고 제작한 스테인드글라스에 압도된다. '태양을 뜻하는 강렬한 노랑' '식물과 선인장에서 따온 진한 초록' '지중해와 프렌치 리비에라의 하늘과 마돈나의 강렬함을 담은 밝은 파랑' 단 세 가지의 색으로 완벽한 조화를 이루기 위해 마티스는 파랑과 초록은 빛이 완전히 투과되는 투명 유리로 제작한 반면 노랑은 반투명으로 마무리했다. 그리고 그 '완벽한 조화'는 프로방스의 농도 짙은 황금빛 노을이 스테인드글라스를 투과하는 늦은 오후에 정점을 이룬다. 파랑과 초록이 이보다 더 따스할 수 없을 만큼 사랑스럽게 제단 위에 내려앉으면 노랑은 멀찌감치 숨을 죽이고, 바로 이때 심장에 신호가 온다. 그리고 텅 비어 있던 예배당에 정갈한 색깔과 단출한 문양이 조화롭게 넘실거리면 마티스의 단순하고 명쾌한 예술이 종교처럼 신성하게 다가온다. 프로방스의 햇빛과 거장의 예술이 만나 종교가 되는 이 찰나에는 그 누구라도 스탕달 증후군을 경험할 수 있다.

역사적으로 유서가 깊고 규모가 크며 교황이 특별한 전례 의식을 거행하는 성당을 가리켜 바실리카라고 한다. 가우디의 대표 건축물 사그라

다 파밀리아도 2010년 바실리카로 승격된 바 있다. 그러나 종교 건축물이란 결국 인간으로 하여금 얼마나 경건한 마음을 불러일으키느냐가 관건이 아닐까. 마티스 예배당을 와본 사람이라면 알 수 있다. 진정한 바실리카가 무엇인지 말이다.

샤 갈 과
20세기 예술가들

:

생폴 드 방스

어디에 살건 자기가 좋아하는 공간이 하나쯤은 있게 마련이다. 프로방스
에 사는 나에겐 생폴 드 방스의 마그 재단 미술관이 바로 그런 곳이다.
이 작은 공간에서는 1년 365일 샤갈, 보나, 레제, 브라크, 미로, 자코메
티, 칸딘스키가 콜더의 모빌과 어우러지며 모던 아트 갈라쇼를 펼친다.

    칸에서 활동하던 미술상 에메 마그에 의해 탄생한 이 미술관에 도착

하면 먼저 기다란 소나무 그늘로 예쁘게 장식된 정원이 나오고 그 안에서 술래잡기를 하듯 띄엄띄엄 서 있는 대형 조각들을 만날 수 있다. 누군가에게 '예술'이란 지구만큼 거대하고 무거운 것일 테지만 미로에겐 그저 놀이에 불과했던 것일까. 그의 총천연색 세라믹 조형과 조각이 짓궂게 인사를 하며 다가와 나도 빙긋이 웃어주게 된다. 폴 버리의 분수와 콜더의 흑백 모빌 또한 장난을 치듯 묘기를 부린다. 정원에서 이들에게 눈인사를 건네느라 한참을 서성이고 나면 그제야 본관 앞에 도착한다. 장밋빛 벽돌과 새하얀 회벽, 곧 비상할 듯 날렵한 U자 곡선 지붕까지…… 왜 이곳이 프로방스의 100여 개 미술관 중 가장 아름답다고 손꼽히는지 단번에 알 수 있다. 그러나 하늘색 물고기 모자이크가 노니는 브라크의 연못을 지나 본격적으로 내부를 탐색해보면, 연간 20만 명 이상의 사람들이 찾는다는 것이 무색할 정도로 그 규모는 아담하다. 프랑스 최초의 사립 미술관인 이곳은 브라크, 미로, 샤갈, 칸딘스키, 자코메티 등의 이름으로 나뉘어 있는데, 여기서부턴 고도의 집중력을 발휘해야 한다. 스윽 지나치며 건성으로 눈길을 던져서는 100퍼센트를 다 볼 수 없기 때문이다. 시선을 두는 곳에 레제, 보나의 대형 작품들이 있고, 그 옆에는 샤갈의 캔버스 작품으로는 가장 큰 「삶」이 있다. 뒤를 돌아보면 극명한 색채 대비가 아름다운 엘스워스 켈리의 작품들과 마주치고 칠레의 초현실주의 화가 로베르토 마타와도 만나게 된다. 또 미로의 방에 가면 반은 새이며 반은 여인의 형상을 띤 오묘한 스테인드글라스 대작이 시시각각 다른 표정을 지어보이며 영롱하게 발광한다.

포스트모더니즘의 홍수와 쓰나미처럼 밀려드는 비평의 파도 속에서 나는 늘 갈팡질팡한다. 도도한 그 어떤 작품들에도 좀처럼 먼저 맘을 열기 힘들다. 그러나 이곳에서만은 스스럼없이 예술을 대하게 된다. 자유로이 펼쳐진 작품들이 먼저 내 손을 꽉 잡아준 덕분이다. 예술이란 때론 심오한 메시지여야 하지만 때론 이렇게 단순한 오락이어도 좋지 않을까. 리리코스와 제라늄 꽃들이 넘쳐나는 오솔길을 따라 미술관을 나서는 순간까지 나는 미로, 콜더와 동행한다. 양손으로 정답게 깍지를 끼고 신이 난 어린아이처럼 앞뒤로 큰 반동까지 주면서 말이다.

과연 예술의 마을답게 생폴 드 방스에는 개성 있는 갤러리가 넘쳐나고 그 안에서 이 중세 도시를 찬양하는 다양한 명작들을 만날 수 있다. 이곳이 1920년대부터 모딜리아니, 칸딘스키, 피카소, 콕토, 젤다와 스콧 피츠제럴드, 사르트르와 보부아르뿐만 아니라 샤넬과 에디트 피아프, 그레타 가르보, 소피아 로렌, 카트린 드뇌브 등 다양한 예술가들의 놀이터였던 덕분이다. 때문에 마을 초입의 조그마한 레스토랑 라 콜롱브 도르에서 꿀과 허브를 곁들인 오리 구이를 먹으면서도 무심히 벽을 장식하는 레제와 마티스의 작품을 감상할 수 있다. 그러나 이 수많은 오마주 중 최고는 단연 샤갈의 것이다. 마을을 에두르는 좁은 길을 산책하는 내 손에 그의 그림엽서가 들려 있는 건 그런 이유에서다. 손바닥만 한 크기의 「파란 풍경 속의 부부」 속에는 이상하리만치 따스하게 느껴지는 푸른빛의 생폴 전경이 펼쳐진다. 뒤이어 샤갈은 해처럼 따사롭게 떠 있는 보름달, 영롱한 진주목걸이를 한 여인과 아이, 소박한 부케, 말과 닭을 차례

샤갈, 「생폴 드 방스의 풍경과 식탁」, 캔버스에 유채, 1968, 개인 소장

로 그려 보인다. 이제 그는 테이블에 붉은 체크무늬 식탁보를 깔고 그 위에 값싼 프로방스 와인과 바싹 구운 파이 그리고 몇 개의 과일들을 올리며 나에게 점심을 대접한다. 그리고 묘령의 여인과 함께 수탉을 타고 대기 위로 떠오르면 드디어 「생폴 드 방스의 풍경과 식탁」이 완성된다.

샤갈의 인생에서 이곳은 전쟁과 혁명보다도 더 큰 터닝 포인트였다. 프로방스로 오기 전은 유대계 러시아인으로서 두 차례의 세계대전, 러시아 혁명, 인종 박해, 미국 망명, 첫 부인 벨라의 죽음 등을 겪으며 칼날 위를 걷는 듯 끔찍한 공포와 긴장에 맞선 '망명의 시간'이었다면, 프로방스로 온 이후는 전쟁의 종식과 비로소 시대의 소용돌이에서 벗어나 온전한 평화를 누리는 '정착의 시간'이다. 온화한 날씨와 순란한 햇빛, 따뜻한 바람, 청명한 바다만큼이나 샤갈을 설레게 한 것은 이미 프로방스가 '예술의 중심지'라는 사실이었을 것이다. 그런 이유로 프로방스 곳곳에선 그의 옷깃을 스치듯 감미로운 샤갈의 체취를 느낄 수 있고 현요한 햇살 아래서 살아 있는 그의 작품들을 경험할 수 있다. 당나귀는 훨훨 하늘을 날고, 팔이 달린 수탉은 능숙하게 피리를 불고, 물고기가 사람들 사이를 유유히 헤엄치는 꿈결 같은 세상. 샤갈이 말로를 보냈으며 사후에조차 머무르길 희망했던 이 작은 마을에 올 때마다 온몸으로 따스한 훈기가 스며든다. '쉼'이 절실한 순간마다 그가 사랑채의 아랫목을 내어주며 궁극의 몽환을 이렇듯 화려하게 펼쳐 보이기 때문이다.

콕 토 와
밤 의 클 래 식

:

망통

이탈리아와 국경을 마주하고 있는 프랑스의 마지막 마을 망통은 2월의
레몬 축제로 유명하지만 사실 그 한 달을 제외하곤 온전히 콕토의 도시
다. '태양의 산책길' 끝에 위치한, 그가 직접 설계하고 꾸민 콕토 박물관
과 2011년 개관한 현대적인 콕토 박물관 이 두 곳만 봐도 알 수 있다. 오
늘은 루디 리초티의 미래지향적 설계가 돋보이는 새 박물관에서 귀한 컬

렉션들을 구경해본다. 이곳에 들어서면 콕토가 아닌 낯선 남자의 사진이 정중앙에 걸려 있다. 일생 동안 콕토의 작품을 수집한 콕토 추종자 세 브랭 윈데르망이다. 윈데르망이 수집한 990점의 콕토 작품을 망통 시청에 기증하면서 바로 이 공간이 생겨났다. 그러나 이 미스터리한 기증자는 아낌없이 컬렉션만을 넘겨준 후 홀연히 사라져버렸다. 모든 것이 제자리로 돌아갔다는 듯, 영원히 자취를 감춘 것이다. 그러나 박물관은 개관과 동시에 화제의 중심에 서게 된다. 팬이란, 우상의 거창한 창작물보다도 소소한 사생활이나 가감 없는 생각을 엿볼 수 있는 날것의 무언가를 보길 갈망한다. 그리고 동심이라는 화두로 늘 고민했던 콕토의 인간적인 고뇌가 고스란히 묻어나면서도 오랫동안 개인 소장된 까닭에 한 번도 공개된 적이 없는 윈데르망 컬렉션은 그들의 갈증을 채워주기에 충분한 것이었다. 윈데르망도 익명의 팬을 가장해 한 번쯤은 이 박물관에 와보지 않았을까? 그런 의문 때문에 늘 이곳에 올 때마다 노신사들을 유심히 쳐다보게 된다. 그리고 콕토의 작품에 파묻혀 행복한 비명을 지르는 이 순간만큼은 콕토가 무한대의 예술을 넘나드는 예술가여서가 아니라, 이토록 멋진 팬을 가진 예술가이기에 더욱 위대해 보인다.

콕토의 작품들로 뜨겁게 달궈진 마음을 진정시킬 곳은 옛 시가지의 가장 높은 곳에 세워진 대천사 미셸 성당이다. 하늘이 점점 진청색으로 물들고 그마저 걸쭉한 먹색이 되어 어둠 속에 녹아드는 밤. 검푸른 지중해와 알프스 끝자락이 미스터리한 실루엣을 펼쳐 보이면 이 바로크 성당의 광장으로 하나둘 사람들이 모여든다. 붉은 원색의 실크 스카프와 공작새 깃털로 장식된 모자를 쓴 노부인들과 흰 정장에 백구두를 신은 백발의 신사들, 등이 훤히 드러나는 칵테일 드레스를 차려입은 여인들과 그녀들을 에스코트하는 검은 정장의 신사들이 이 광장을 가득 메우는 밤 9시 30분, 드디어 섬세한 현의 선율이 들려오기 시작한다. 1950년 프렌치 체임버 오페라 페스티벌이라는 이름으로 시작된 망통 음악 축제다.

마스터 클래스, 그랑 레파르투아르, 콘세르 심포니크 등 여러 개의 주제로 진행되고 '축제의 미사'로 마무리되는 이 축전의 하이라이트는 단연 '거장' 시리즈다. 이 시리즈는 모나코의 왕자 오노레 2세에 의해 1653년에 건축된 이 대천사 미셸 성당의 광장에서 펼쳐지는데, 1950년 이래로 한 번도 바뀐 적이 없을 만큼 완벽한 음향과 최적의 분위기를 자아낸다. 게다가 고풍스런 성당 바로 옆에는 순결한 속죄자 예배당이 있어 이 조그만 광장에 있으면 바로크 시대로 돌아온 듯한 착각을 불러일으킨다. 무대는 성당으로 들어가는 정문 바로 앞에 설치된다. 문 바로 뒤, 즉 성당 안이 연주자들의 대기실이 되는 재미있는 구조다. 공연은 밤 9시 30분이나 10시 30분부터 시작되는데, 더위를 피하려는 목적도 있지만 이곳이 전문 야외 공연장이 아니므로 주변의 소음을 최소화시킬 수 있는 시간대에 열리는 것이다. 경찰들도 공연 시간에는 일대 도로들을 통제하며 소음 없애기에 적극적이다. 그러나 한여름 밤은 길고 사람들은 쉽게 잠들지 않기에 공연 간간히 클래식 선율 너머로 밤바다에 풍덩 다이빙하는 소리에 이어 젊은이들의 호탕한 웃음소리가, 또 먼 마을에서 개 짖는 소리가 들려오기도 한다. 연주자들도 관객들도 음악에 몰입하기가 쉽지

않은 것은 사실이지만 일단 음악회가 시작되고 나면 여름밤의 자잘한 기적들이 음표 위에 양념처럼 살포시 얹혀 콘서트에 색다른 추임새를 넣는다. 그러면 거짓말처럼 완벽한 고요 속에 차분한 야상곡 선율이 들려오고 쏟아지는 은하수 아래 망통은 여지없이 음악에 취한다.

레몬 향기로 가득한 여름밤, 고현한 음색이 중세의 공간을 가득 채우면 삼라만상 모든 것이 오롯이 나 하나만을 위해 존재하는 듯 느껴진다. 그러나 어전에 앉은 듯 호사스런 유희를 즐기는 이 순간에도 '내가 콕토와 같은 재주꾼이었다면 짤막하지만 폐부를 찌르는 시 한 편을 남길 수 있었을 텐데……' 하는 한 자락 아쉬움을 떨칠 수 없다.

백만장자의
크리스마스

:

모나코

유럽에서 국왕이 통치하는 마지막 나라 모나코. 뉴욕의 센트럴파크보다
도 작은 1.9제곱킬로미터 면적의 이 독립국은 자동차나 기차를 타고 육
로로 들어오면 돌산과 지중해가 한눈에 들어와 아늑하고 편안한 첫인상
으로, 지중해를 통해 크루저로 들어오면 프로방스에서는 좀처럼 보기 힘
든 빽빽한 고층건물들 덕분에 현대적인 첫인상으로 다가온다. 또 스테파

니 공주가 개최하는 몬테카를로 서커스로 한껏 들뜨는 2월에는 신비스러운 동화 나라로, F1이 도심을 점령하는 5월이 되면 최첨단 과학이 어우러진 건장한 스포츠 강국으로, 음악 축제 르 스포팅 섬머 페스티벌과 세계 오르간 페스티벌이 펼쳐지는 7월과 8월에는 음악 왕국으로 변모한다. 그러나 이런 수천 가지 모나코의 표정을 한 번에 볼 욕심이라면 현란한 크리스마스 장식을 온몸에 감고 가끔은 사랑에 빠진 왕비의 자태로, 가끔은 생기발랄한 소녀의 모습으로 변신하는 노엘, 즉 크리스마스가 적기다. 그렇기에 잠시 계절을 여행하여 한겨울의 모나코에 들러본다.

역시 이 보석 같은 마을의 여행은 그리말디 왕족이 살고 있는 모나코 빌에서 시원한 파노라마를 즐기며 시작하는 게 좋다. 심플하고 깔끔한 왕궁을 구경하고 또 그레이스 켈리가 레니에 공과 세기의 결혼식을 치렀고 영면에 든 모나코 성당에 들러 영혼을 울리는 파이프 오르간 연주에 심취해보기도 한다. 그러나 역시 한 해의 끝에 흥겨운 마침표를 찍으려면 모나코 항구에 설치된 마르셰 드 노엘이 딱이다. 이곳에는 상설 놀이 공원이 펼쳐져 아이들의 재잘거림과 연인들의 웃음소리가 늦은 밤까지 계속되고 푹한 겨울 날씨에도 꿋꿋이 야외 스케이트장이 마련되어 연말 분위기가 물씬 난다. 해가 진 후 더욱 빛을 발하는 예쁜 오두막에는 선물용 공예품들이 즐비하지만 역시 잔치의 중심은 먹을거리다. 고소한 콩기름 냄새를 풍기는 니스의 전통 음식 소카와 타닥타닥 맛있는 소리를 내며 구워지는 군밤, 산타할아버지와 루돌프가 장식된 장작 모양의 케이크 부슈 드 노엘까지…… 한쪽에는 반려동물들의 크리스마스 만찬에 오

를 '뼈다귀 종합 선물세트'까지 반짝이 리본을 달고 거하게 한자리를 차지하고 있어 유머러스한 분위기를 자아낸다.

밤 10시가 되니 검푸른 지중해 위로 불꽃놀이가 시작된다. 어렸을 적 나는 아무리 보고 또 봐도 신통방통한 불꽃놀이 발명가야말로 노벨상을 받아야 마땅하다고, 또 구름덩이처럼 두루뭉술하게 만들어지는 솜사탕이야말로 세계 7대 불가사의 중 하나라고 여겼다. 여기서도 주변을 돌아보니 꼬마들이 고개를 젖히고 입을 헤벌쭉 벌린 상태로 이 신기한 소란스러움에 넋을 잃었는데, 손에는 어김없이 커다란 솜사탕이 하나씩 들려있어 웃음을 자아낸다. 나는 과자 이름치곤 지나치게 멋진 이탈리아 피에몬테의 바치 디 다마 비르지니아와 레드와인 뱅쇼 한 잔을 손에 들고 이제 그만 마르셰를 빠져 나온다. 사이프러스 나무를 따라 이 작은 왕국에서 가장 비싼 구역이면서 가장 빛나는 몬테카를로로 향할 시간이기 때문이다.

모나코의 상징인 그랑 카지노와 최고급 호텔, 오텔 드 파리를 정면으로 바라보면 그 호사한 장식 때문에 세상이 빙그르르 도는 듯 짜릿한 현기증까지 느껴진다. 파리 오페라 하우스를 설계한 샤를 가르니에의 작품이자 벨 에포크 시대의 대표 건축물이고, 이 카지노의 성공으로 1883년부터 모나코의 주민들은 면세 혜택을 받는 등 많은 이야기를 담고 있지만 겨울밤에는 오로지 사방에 설치된 현란한 조명들에만 시선이 집중된다. 참, 야경을 담을 때 사진의 흔들림을 방지하기 위해 삼각대를 사용하는 사람이 많은데 이 왕국에서 삼각대는 사용할 수 없다. 왜냐고 묻는

내 질문에 거두절미하고 "법!"이라는 답만 내놓는 경찰. 스나이퍼 때문인지 모르겠지만 묻지도 따지지도 말고 그저 모나코에선 모나코 법을 따르자. 카지노 왼쪽의 카페 드 파리 또한 품격 있게 치장을 하고 밤새 연말의 유쾌한 떠들썩함을 부추긴다. 나도 묵직한 시가 냄새가 감도는 노천 테이블에 앉아 핑크 색 칵테일 모나코 한 잔을 마시는 것만으로 백만장자의 기분을 만끽한다. 적나라하게 모든 것이 다 드러나는 대낮보다 만물이 감춰지고 은밀해지는 밤에는, 비단 예술가가 아니더라도 감수성이 예민해지고 상상력이 풍부해지기 마련이다. 체리 향 감도는 맥주를 마셔서 더욱더 오색찬란하고 어질어질한 몬테카를로의 밤은 오죽할까. 이성은 사라지고 오롯이 감성만 남는 이 시간에는 조심해야 한다. 눈빛이 마주치는 0.1초의 짧은 순간에도 낯선 이에게 마음이 설렐 수 있으니까.

유럽의 모퉁이에서 12월 한 달 동안 가장 화려하게 빛나는 모나코. 이 기간에는 굳이 돈을 쓰면서 흥청망청하지 않아도 왕국의 찬란한 분위기에 취해 멋진 로맨스를 꿈꾸게 된다.

로실드가의
보물창고

:

생장카프페라

서머싯 몸의 표현을 빌리자면 "날이면 날마다 더할 수 없이 쾌청한 날씨
가 계속되고 하늘은 오만할 정도로 푸르며 공원의 수목은 일제히 격렬
하고도 원시적인 녹색으로 짙어가고, 집집마다 태양빛을 받아 눈이 아플
정도로 하얗게 반사하는 곳" 생장카프페라. 이곳에 1920년대와 30년대
사교의 중심지였던 몸의 저택 빌라 모레스크가 있다. 그러나 정작 이곳

은 대중에게 공개되지 않고 또 몸은 무덤도 남기지 않은 채 지중해에 잠들었기에 이 화려한 도시에 와서도 달리 그의 흔적을 느낄 수 없다. 마침 허공을 가르는 유럽 최대의 맹조 수염수리의 화려한 비상을 보며 그저 저 오렌지색 깃털과 검은 날개를 가진 독수리를 몸도 보았을 것이라는 생각으로 안타까움을 달래본다. 그러나 실망하긴 이르다. 베아트리스는 항상 자신의 집 대문을 활짝 열어놓고 이방인들을 반기기 때문이다. 생장카프페라는 20세기 초부터 프로방스 최고의 부촌이었기에 아직도 이곳에는 '샤토'나 '빌라'로 명명되어 프랑스의 문화유산으로 지정되었을 만큼 호화롭고 유서 깊은 집들이 많다. 그중에서도 베아트리스의 저택 빌라 에프뤼시 드 로실드는 단연코 가장 우아하고 고상하며 세련된 공간이다.

높다란 천장 아래 품격 있는 공기가 흐르는 그녀의 살롱. 나는 은제 소품이 세팅된 테이블에 앉아 크림색 커튼으로 치장한 창 너머로 대형 연작 회화처럼 펼쳐진 지중해를 음미한다. 시원한 로제 샴페인 한 잔을 비우고 나면 곧 잘 다려진 연미복의 집사는 세심하고 편안하게 그러나 부산스럽지 않게 오가며 나에게 귀부인의 점심식사를 대접한다. 마무리는 아르데코 디자인 접시에 오른 무화과 파이와 황금색의 마르코 폴로 티 한 잔. 베아트리스의 이니셜이 새겨진 새하얀 냅킨으로 입가를 닦으며 일어서니 마침 정원에서 경쾌한 클래식에 맞춰 분수 쇼가 펼쳐진다.

18세기에 유럽 은행을 설립한 무슈 로실드는 산업혁명으로 엄청난 부를 쌓고 바티칸의 재정까지 담당한 유럽의 큰손이었다. 그런 그의 손녀

딸 베아트리스가 빌라 에프뤼시 드 로실드를 세운 것은 1903년의 일이다. 사실 자크 마르셀 오뷔르탱의 설계와 벨 에포크의 대표 건축물로 유명하긴 했지만 직접 와본 사람은 알 수 있다. 지중해와 어우러진 외관만큼이나 이탈리아 르네상스를 연상시키는 내부도 화려하다는 것을 말이다.

현관에 들어서면서부터는 눈을 크게 뜨고 정신을 바짝 차려야 한다. 벽에 걸린 작품이나 태피스트리는 물론이거니와 바닥의 타일 한 장, 난간의 손잡이 하나, 천장 모서리의 페인팅 한 점, 화장실의 문고리 하나까지 모든 것들이 당대 최고 장인들의 솜씨이기 때문이다. 마음을 단단히 먹고 프라고나르 살롱을 시작으로 멍키 살롱, 차이니스 살롱, 도자기 살롱, 블루 살롱, 루이 14세 살롱 등등을 본격적으로 둘러보면 19세기와 20세기를 산 그녀의 공간이 18세기로 또 17세기로 자꾸 세월을 거슬러 올라가며 수다를 떤다. 특히 부두아르라고 불리는 규방에 들어서면 비밀 서랍이 달린 귀부인용 책상이 눈에 띄는데, AM이라는 이니셜이 선명하다. 바로 마리 앙투아네트! 화려함의 대명사인 이 프랑스 왕비가 소유했던 가구들은 국립박물관에서나 어렵사리 볼 수 있지만 이 별장 곳곳에선 무심히 놓인 이 이니셜이 많이도 보인다. 당대의 트렌드세터답게 드레스와 구두, 각종 파라솔 등이 진열된 드레스룸과 점잖은 듯 호화스러운 침실에서도 요리조리 바삐 시선이 옮겨간다. 20세기 초 로실드가는 중국 최고급 비단 무역에도 손을 댔는데, 그 덕분에 실크 재질의 의류와 침구류는 얼핏 눈으로만 어루만져도 소름이 끼칠 만큼 부드러운 촉감이

느껴진다. 기려한 모자이크가 즐비한 복도를 지나면서 드디어 이 집의 안주인 베아트리스를 만난다. 유명한 화장들이 그린 초상화 속이다. 그러나 아무리 뜯어봐도 호사한 삶을 살았던 재벌가의 여인 치고는 너무나 평범하게 생겼단 생각을 지울 수 없다.

뒷문으로 나와 그녀가 총 아홉 개의 주제로 나누고 심혈을 기울여 꾸민 정원으로 들어선다. 연못과 분수, 지중해가 어우러진 프로방스 정원, 장미 정원, 프랑스 정원, 일본 정원, 열대 정원, 스페인 정원으로 부지런히 발길을 옮기며 각종 희귀 식물들과 만개한 꽃들에 취하면 이건 차라리 국립공원이나 식물원이다! 그러나 여행을 갈 때마다 50개의 가발이 든 큰 트렁크를 꼭 챙겼다는 희대의 패셔니스타답게 그녀는 높은 하이힐을 신고서도 정원 구석구석까지 우아하게 걸을 수 있도록 산책로를 잘 닦아 놓았다. 덕분에 나도 끝까지 기품 있는 귀부인의 자태를 유지하며 정원을 가로질러 빌라를 빠져 나온다. 12시를 넘긴 신데렐라의 기분이 이런 것이었을까? 현실로 되돌아오니 다시 평민이다.

유 쾌 한
작 별 인 사

:

니스

프로방스를 한 바퀴 돌고 다시 도착한 니스에선 밀린 선물 쇼핑이 우선
이다. 나의 선택은 언제나 알지아리와 오에르. 니스 사람들에게 더 사랑
받는 이 두 개의 부티크는 모두 옛 시가지의 니스 오페라 극장 옆에 위치
해 찾기도 쉽다. 상점의 문을 열기 전에 한 가지 명심할 게 있다. 지인들
의 선물을 사러 갔다가 스스로에게만 잔뜩 선물을 하는 경우가 생긴다

는 것, 그리고 그것은 지극히 자연스런 현상이라는 점을 먼저 밝혀둔다. 1868년부터 같은 자리를 지키고 있는 알지아리는 순수 니스산 올리브오일을 파는 방앗간으로 특히 민트, 타임, 바질, 마늘, 후추, 피망, 레몬, 송로버섯 등 여러 가지 프로방스의 천연 향신료를 가미한 다양한 올리브오일을 취급하면서 유명해졌다. 지금은 잼이나 사탕, 초콜릿, 향신료, 식초, 올리브 절임 등 다양한 품목을 취급하며, 발레 드 니스라는 와인과 니용, 코르시카, 엑상프로방스 올리브오일 또한 직접 생산, 판매하고 있다. 니스의 마들렌 거리에는 방앗간이 있어 항상 전통 방식으로 기름을 짜는 모습을 볼 수 있고 무료 시음도 가능하다. 올리브오일을 살 때 보통 엑스트라버진인지 확인을 하지만 프랑스에서는 오일에도 와인과 같이 AOC, 그랑 크뤼 등의 등급을 부여한다. 그리고 이곳에선 그야말로 최상 중의 최상급을 맛볼 수 있다.

그 바로 건너편의 오에르는 1820년부터 같은 자리를 고수하며 대대로 운영된 초콜릿 가게다. 5대째 대물림된 손맛과 200년 동안 변치 않은 인테리어, 현재 주인인 초콜릿 장인 티에리 오에르의 명성만으로도 더 이상의 설명이 필요 없다. 초콜릿과 사탕은 말할 것도 없고 각양각색의 니스 전통 디저트를 볼 수 있어 사람들의 발길이 끊임없이 이어진다. 특히 프리 콩피라고 하는 과일 절임 젤리는 사시사철 니스의 계절과 맞물려 화려한 미각의 끝을 선사한다.

이렇게 욕심껏 고급 먹을거리 쇼핑을 하고 나면 니스의 가장 높은 곳에 위치하여 이 거대 도시를 한눈에 조망할 수 있는 콜린 뒤 샤토에 오른다. 해발 고도가 93미터에 불과하기에 15분 남짓 가파른 계단을 오르거나 간편히 엘리베이터를 탈 수도 있다. 11세기에 지어져 18세기부터는 망루로 사용된 이곳에 오르면 니스를 360도 파노라마로 즐길 수 있는데, 특히 붉은 테라코타 지붕들과 청청한 지중해가 선명한 대조를 이루며 펼쳐지는 옛 시가지의 해변 풍경이 압권이다. 또 그 너머 수평선에는 언제나 황금빛 태양이 쏟아지는데, 그 눈부심을 뚫고 날아오르는 니스 공항의 비행기들 또한 여유로운 풍경에 낭만적인 생동감을 불어넣는다.

1910년에 지어진 니스 국제공항은 연간 1,000만 명이 넘는 사람들이 이용하고 시간당 이착륙이 52회나 되어 거의 1분에 한 대씩 비행기를 볼 수 있는 프로방스 최대의 공항이다. 100살을 넘긴 나이가 말해주듯 최첨단 시설이나 웅장한 면세점 등은 없지만 대신 전 세계에 몇 개 없는, 바다 위로 시원하게 뻗은 활주로가 있다. 덕분에 누구나 코발트블루, 튀르쿠아즈, 에메랄드 등 매혹의 청색이 겹겹이 펼쳐진 지중해 표면에서 이륙하는 것으로 여행을 마칠 수 있다. 특히 바다의 푸른색이 노을에 묻혀 점점 보랏빛으로 물드는 저녁 시간에는 해안선을 따라 가로등 불빛들이 하나의 띠를 형성하며 찬란한 보석 목걸이처럼 반짝여 더 이상 아름다울 수 없는 여행의 하이라이트를 선사한다. 그저 떠남과 만남의 장소가 아닌, 감정의 배웅과 마중이 뒤섞이는 공간, 공항. 다양한 감정들이 소용돌이치는 출국장의 Kiss and Fly를 지나며 나도 이만 프로방스 여행에 애틋한 마침표를 찍는다.

프로방스의 시인 르네 샤르는 이렇게 말했다.

"떠남, 그 하나로 족하다."

이런 공간에서라면 유쾌한 작별의 키스를 날리며 미련 없이 프로방스를 떠날 수 있을 것 같다.

뭘 먹을까? -프로방스 먹을거리 축제 완전 정복

프로방스에는 다음의 축제 이외에도 사계절 내내 크고 작은 채소와 과일 축제가 열려 늘 먹을거리가 넘쳐나고 포도 수확기에는 규모를 막론하고 모든 동네에서 와인 축제를 볼 수 있다. 프로방스에서는 크리스마스 때 전통적으로 열세 가지 디저트를 먹는 만큼 12월에 서는 마르셰 노엘에서는 특이한 겨울 별미도 맛볼 수 있다.

1월
소세레팽의 성게 축제
발본의 포도와 음식 축제
카팡트라의 송로버섯 축제

2월
망통의 레몬 축제

3월
투레트쉬르루의 바이올렛 축제
멍들리외의 미모사 축제

4월
카팡트라의 딸기 축제
모무아롱의 아스파라거스 축제
바쉬르루의 오렌지 나무 축제

5월
그라스의 장미 엑스포

6월
카시스의 바다 성인 생피에르 축제

7월
엑상프로방스의 와인 축제

8월
디뉴·발랑솔의 라벤더 축제
그라스의 재스민 축제

9월
아를의 쌀 축제
생막심의 포도 수확제
무리에의 올리브 축제
무쟁의 음식 축제

10월
로리의 호박 축제
타라스콩의 와인 축제

콜로브리에의 밤 축제
베종라호멘느의 식도락 축제

11월
아비뇽의 와인과 미식 축제
칸쉬르메르의 밤 축제
생막심의 초콜릿 축제
발레아의 송로버섯 축제
툴롱의 와인과 밤 축제
칸쉬르메르의 궁중음식 축제
카데네의 양배추 수프 축제

12월
무리에와 엑상프로방스의 올리브오일 축제
생레미의 야식과 13가지 디저트 축제

최고의 휴식, 프로방스

−황금빛 태양, 쪽빛 바다와 함께한 20일

©2015 장다혜

1판 1쇄 | 2015년 2월 16일
1판 2쇄 | 2018년 1월 10일

지 은 이 | 장다혜
펴 낸 이 | 정민영
책임편집 | 박주희
편   집 | 손희경
디 자 인 | 이현정
마 케 팅 | 이숙재 정현민
제 작 처 | 영신사

펴 낸 곳 | (주)아트북스
브 랜 드 | 앨리스
출판등록 | 2001년 5월 18일 제406−2003−057호
주   소 | 10881 경기도 파주시 회동길 210
대표전화 | 031−955−8888
문의전화 | 031−955−7977(편집부) 031−955−3578(마케팅)
팩   스 | 031−955−8855
전자우편 | artbooks21@naver.com
트 위 터 | @artbooks21
페이스북 | www.facebook.com/artbooks.pub

ISBN 978−89−6196−232−2 03810